Desolación

Desolación

Robin Stevenson

Traducido por
Eva Quintana Crelis

orca soundings

ORCA BOOK PUBLISHERS

D.R. © 2011 Robin Stevenson

Derechos reservados. Prohibida la reproducción o transmisión total o parcial de esta obra por cualquier medio o método, o en cualquier forma electrónica o mecánica, incluso fotocopia o sistema para recuperar información, conocido o por conocerse, sin permiso escrito del editor.

Catalogación para publicación de la Biblioteca y Archivos de Canadá

Stevenson, Robin, 1968-
Desolación / Robin Stevenson.
(Orca soundings)

Translation of: Outback.
Issued also in electronic format.
ISBN 978-1-4598-0305-3

I. Title. II. Series: Orca soundings
PS8637.T487O98418 2012   jC813'.6   C2012-902835-5

Publicado originalmente en Estados Unidos, 2012
Número de control de la Biblioteca del Congreso: 2012938342

Sinopsis: Perdido en el implacable desierto australiano, Jayden se encuentra de repente luchando por sobrevivir.

La editorial Orca Book Publishers está comprometida con la preservación del medio ambiente y ha impreso este libro en papel certificado por el Consejo para la Administración Forestal®.

Orca Book Publishers agradece el apoyo para sus programas editoriales proveído por los siguientes organismos: el Gobierno de Canadá a través de Fondo Canadiense del Libro y el Consejo Canadiense de las Artes, y la Provincia de Columbia Británica a través del Consejo de las Artes de Columbia Británica y el Crédito Fiscal para la Publicación de Libros.

Imagen de portada de Getty Images

ORCA BOOK PUBLISHERS
PO Box 5626, Stn. B
Victoria, BC Canada
V8R 6S4

ORCA BOOK PUBLISHERS
PO Box 468
Custer, WA USA
98240-0468

www.orcabook.com
Impreso y encuadernado en Canadá.

15 14 13 12 • 4 3 2 1

*Para Cheryl y Kai,
mis fabulosos compañeros de viaje,
y para Ilse y Giles, que me llevaron
por primera vez al desierto
australiano. Todo mi amor.*

Capítulo uno

Mi tío Mel piensa que se aprende a través de la experiencia. Cuando yo tenía cinco años, me lanzó por la borda de su barco. Se imaginó que nadar era algo instintivo y que podía ahorrarle a mamá el precio de las clases de natación. Resultó que no era así. Me tragué la mitad del lago hasta que al fin me sacó del agua. Supongo que su versión de los hechos fue un poco diferente de la mía, porque en lugar de enojarse, mamá pensó que me había salvado la vida.

Aunque Mel siempre se ha interesado por mi educación, me quedo sorprendido cuando mamá me dice que mi tío quiere invitarme a ir con él a Australia. Más me sorprende que mamá piense que es una buena idea.

—¿En serio? —le pregunto con la boca abierta—. ¿Y la escuela?

Apenas se me escapan esas palabras de la boca, me arrepiento de haberlas dicho.

—Jayden, por favor —dice mamá frunciendo el ceño—. Este año has faltado a más clases de las que has tomado. Y eso sin contar las veces que te han suspendido.

Miro hacia afuera por la ventana. El cielo está gris. Una lluvia medio congelada está cayendo de lado y golpea el vidrio como si se tratara de mil dedos fantasmales. Odio la escuela: lees cosas,

Desolación

oyes a los demás hablar de cosas, escribes cosas... pero nunca puedes *hacer* nada de verdad. Antes iba solo para ver a Anna, pero desde que me botó ya no le veo el caso a ir a la escuela.

La verdad es que ya no le veo el caso a nada.

—Es que todo es tan... —digo al fin.

Mamá se saca un mechón de pelo rubio de los ojos con un soplido y se lo acomoda detrás de la oreja.

—Ya sé. Es por eso que pensé que este viaje podría ser una buena idea.

Me da más o menos lo mismo. Ir a Australia me suena como un enorme gasto de energía que definitivamente no tengo, pero, por otro lado, tal vez mamá no me quiera tener encima.

—En Australia va a ser verano —dice mamá—. Sol, playas. Nada de escuela.

Y no tener que ver a Anna por ahí con sus amigas, riéndose y pasándola muy bien sin mí.

—¿Cuándo se va Mel? —le pregunto.

—Ya está ahí. Hace como dos meses que trabaja en su investigación en la Universidad de Adelaida.

—No sé —le digo.

—Vamos, Jayden. Canguros, koalas, eucaliptos y cielo azul. Podrías llevar tu cámara y tomar preciosas fotos de la naturaleza.

—Supongo —digo. No he tomado fotos en meses.

Mamá lanza un suspiro.

—Piénsalo, ¿está bien?

—Quieres deshacerte de mí, ¿eh? —le digo. Se supone que es una broma, pero suena muy mal: parezco enojado y amargado, en lugar de gracioso.

—No, Jay, claro que no. Es solo que… has estado muy triste durante meses: no vas a la escuela ni a ver a un médico y ni siquiera quieres *hablar* conmigo.

La miro, pero solo por un instante. Sus ojos verdes brillan por las lágrimas.

Desolación

Siento que me recorre una fuerte sensación de vergüenza, como si hubiera hecho algo horrible, como si hubiera metido la pata en grande, aunque no sé cómo.

—Bueno —le digo—. Me voy a Australia.

—¿Estás seguro? —vacila—. No te quiero presionar. Solo pensé que tal vez… bueno, que tal vez te haría bien.

Eso me parece medio imposible, pero la verdad es que a mí no se me ha ocurrido nada mejor.

—Está bien —le digo—. Iré.

—Tendrías que viajar en dos semanas —dice, ahora con voz más dudosa, como si no estuviera tan segura después de todo—. Mel dice que no le vendría mal que lo ayudaras con su investigación.

—¿De qué se trata?

—No sé. Algo de unos bichos. O tal vez dijo que eran ranas —dice, haciendo una mueca—. No estaba muy atenta. Ya sabes cómo puede ser Mel.

Sí que lo sé. Si te cruzaras con Mel por la calle, podrías pensar que es un loco sin hogar o algo así, porque va todo despeinado y hablando a mil por hora sobre cosas raras que suenan como salidas de una película clase B: enormes musarañas elefante de Tanzania, peces gelatinosos de seis pies de largo de Brasil, babosas fantasma de Gales.

Pero no es un tipo sin hogar ni nada parecido. Tiene un apartamento en Toronto, aunque rara vez para por ahí, y tiene un doctorado en biología.

A mamá siempre la ha impresionado. Pero la verdad es que sí está un poco loco.

Mel es medio hermano de mamá. Cuando yo tenía cinco años, mi abuelo murió. Pocas semanas después, mamá recibió un correo electrónico de un hombre que le explicó que era su hermano mayor. Resultó que el padre de mamá había embarazado a su novia en la secundaria y que lo había ocultado toda su vida. Cuando mamá se repuso del impacto, se puso feliz. Su madre había muerto y ella era hija única. Por más raro que sea Mel, es nuestro único pariente.

Y además, como mi papá nunca ha sido parte de nuestras vidas, mamá pensó que Mel podría ser un buen modelo paterno para mí. Una vez que tuvimos que hacer tarjetas para el Día del Padre en primer grado, yo hice una para Mel. Hasta lo llevé a la escuela el día de "mostrar y contar". Mel llevó una tarántula para que el grupo la viera y cuando a un niño se le cayó de las manos, Mel se enojó en serio. Después de eso me prohibieron llevarlo a la escuela.

Como sea, en los últimos años no se ha aparecido mucho por aquí.

—Creo que tomaste la decisión correcta —me dice mamá mientras busca entre los documentos de su archivero. Encuentra mi pasaporte y lo abre—. Ajá, todavía es válido —dice y me lo da—. Va a ser toda una aventura, ¿verdad?

—Sí, claro.

Mamá me revuelve el cabello.

—Pero no vas a estar aquí para tu cumpleaños. Tus dulces dieciséis.

Lanzo un bufido. Son las chicas las que festejan los dulces dieciséis. Los chicos como yo… no sé. Unos dieciséis años flacos, tristes y llenos de granos.

—Te voy a extrañar, Jay-Jay —me dice mamá, muy dulce.

La miro: cabello largo desordenado, pecas, dientes de conejo. Tiene treinta y cinco, pero parece diez años más joven.

Desolación

—Yo también, mamá.

Una ola de culpa me recorre de arriba abajo. Mi mamá es genial y la quiero un montón, pero el peso de su preocupación es más de lo que puedo aguantar.

Va a ser un alivio estar lejos.

Capítulo dos

Dos semanas después, salgo del aeropuerto de Adelaida. El cielo es de un azul intenso y el aire me quema los pulmones cada vez que inhalo. El hombre que selló mi pasaporte me dijo, muy a la australiana: *B'día, amigo*, igualito que en las películas, y me doy cuenta de que estoy sonriendo. Es lunes por la mañana y aquí estoy, del otro lado del mundo.

Ni rastro de Mel. Dejo mi mochila en el suelo, me seco el sudor de la frente y busco un teléfono público con la mirada.

La voz de una chica me provoca un sobresalto.

—¿Eres Jayden Harris?

—Este... sí.

La miro. Pantalones cortos de mezclilla desteñida, camiseta amarilla, cabello corto oscuro y una suave piel morena. Unos tatuajes geométricos negros rodean sus impresionantes bíceps. Dos *piercings* bajo el labio inferior, uno a cada lado. Enormes lentes de sol. Un lindo acento.

Pero, por desgracia, ni un asomo de sonrisa.

—Mel me mandó a buscarte —dice.

Levanto mi mochila y me la cuelgo al hombro.

—Gracias. Este... Soy Jay.

—Sí, ya aclaramos ese punto.

Empieza a caminar por delante sin siquiera decirme su nombre.

La sigo. Mel no tiene hijos y ella es demasiado joven para ser su novia.

—¿Y cómo conoces a mi tío?

—Soy su asistente de investigación.

—¿En serio?

—Sí. Estoy estudiando biología en la uni.

—Qué buena onda. Y pues, este, ¿tu nombre es…?

—Natalie, pero todos me llaman Nat —responde. Hace tintinear las llaves de su auto y señala con ellas hacia el estacionamiento—. ¿Nos vamos?

El auto avanza y no decimos nada por un rato. Nat no está enviando señales cálidas ni amistosas. La miro de reojo discretamente. Ella mira hacia el frente, con los ojos ocultos tras los lentes oscuros.

—¿Mel vive lejos de aquí? —le pregunto.

Se encoje de hombros.

—Te estoy llevando a la universidad. Mel está preparando las cosas para la expedición.

—¿Qué expedición?

Voltea a verme.

—Pensé que para eso habías venido. Para ayudar.

—Este… con su investigación. Nadie me dijo nada de una expedición —digo, preguntándome si mamá me lo habría explicado mientras yo estaba en la luna—. Y bueno, ¿adónde va?

—¿Pero es que no te dijo *nada*?

Sacudo la cabeza.

—Ni siquiera hemos hablado. Mi mamá y él lo organizaron todo.

—¿Tu *mamá*? Dios mío, ¿cuántos años tienes?

—Dieciséis.

Bueno, casi.

Lanza un exagerado gruñido y se concentra de nuevo en la carretera.

—¿Qué pasa? —le pregunto.

—Nada, olvídalo.

Hacemos el resto del camino sin decir ni una palabra. Nat maneja de manera agresiva, muy rápido en la carretera y metiéndose entre los autos en la ciudad. Por mí está bien. Ni que me importara que nos estrelláramos.

La universidad es un conjunto de viejos edificios de ladrillo, prados verdes y patios de cemento. Aún sin hablar, Nat me guía a través de una puerta y por un largo pasillo. Camina como maneja: rápido, con impaciencia, esperando que los demás se quiten de su camino.

—¡Jayden! ¡Me alegro de verte! —exclama Mel saliendo de su oficina de repente. Me da un abrazo que me truena la espalda—. Maravilloso, maravilloso. ¡Mírate nada más! ¡Caramba, ha pasado demasiado tiempo!

—Sí, ya sé.

Desolación

Entro con él a su oficina, que es pequeña y sin ventana. Hay montañas de carpetas y papeles cubriéndolo todo.

—Y Natalie, gracias por recogerlo.

—No hay problema.

—¿Por qué el ceño fruncido, Nat?

—Por nada —dice ella, sacudiendo la cabeza.

Mel inclina la suya a un lado. Es diez años mayor que mamá, pero bien podrían ser veinte. Su piel es tostada, curtida por el sol; tiene entradas en el pelo, dientes manchados por fumar y unos ojos azules muy intensos que ahora están fijos en Nat.

—Ahhh —dice, lanzando una risita—. ¿No respondió mi sobrino a las expectativas?

Nat se pone toda roja.

—¡Mel!

—En tus visiones explorabas el desierto con un guapo forastero, pero en lugar de eso te encontraste con un chico de secundaria. ¿Eso es lo que pasa?

—No —protesta Nat—. Pero no creo que sea una buena idea llevar a alguien sin experiencia. Alguien que ni siquiera ha salido de la secundaria.

—No estoy en la secundaria ahora, ¿verdad? —le digo.

Mel lanza una escandalosa carcajada.

—¡Eso seguro! ¡Eso seguro!

Se da un manotazo en la pierna y se dobla de la risa. Me le quedo mirando. Lo que dije no fue *tan* gracioso.

Nat sacude la cabeza.

—Ya veo lo divertido que va a ser este viaje.

Poco a poco me estoy dando cuenta de algo.

—Este… ¿Nat? ¿Tú también vas a venir a la expedición?

—Sí, claro —responde.

—Mis asistentes —dice Mel, asintiendo con la cabeza—. Ustedes dos.

Así que Nat y yo vamos a tener que trabajar juntos a la fuerza. Qué bien.

Desolación

—¿Y adónde vamos exactamente?

Mel me aprieta un hombro.

—¡Al lago Disappointment, chico!
¡Al lago Disappointment!

Levanto una ceja. No es el nombre
más prometedor del mundo: "decep-
ción". Como sea...

—¿Un lago? ¡Súper!

Nat lanza un resoplido.

—Si te estás imaginando cabañas y
motos de agua, olvídalo. No es de ese
tipo de lagos.

Mel se da la vuelta hacia la computadora que hay en su escritorio, saca de
encima del teclado una pila de papeles
y teclea algo. Enseguida aparece una
imagen en la pantalla.

—Ahí está. Ese es nuestro destino.

Doy un paso al frente. La foto es
una imagen satelital o tal vez una
vista aérea tomada desde un avión.
Un inmenso desierto, tierra seca
color marrón hacia todos lados y,

en el centro, una mancha gris de forma irregular.

—¿Eso es? Ah. Este… ¿por qué…?

Mel cambia la imagen. Ahora veo un acercamiento de un montón de arbustos de color verde claro que crecen en una tierra rojiza, con un espacio blanquecino y pálido brillando detrás. Supongo que es el lago, pero no se parece a ningún lago que haya visto antes.

Mel señala los arbustos verdes.

—Esa es la razón. Una nueva especie, chico, esperando a ser descubierta.

—¿De plantas?

Sacude la cabeza.

—*Ctenophorus nguyarna*. No pueden ser las únicas.

Lo miro fijamente.

—¿Qué acabas de decir?

A Nat le da lástima y traduce.

—Lagartijas. Alguien encontró una nueva especie ahí hace unos años y Mel piensa que tiene que haber más.

Desolación

—Bueno —digo—. Pues vamos a ver lagartijas. Me gustan las lagartijas.

Todos esos adornos y esos picos y esos colores tan vistosos. Además, como se quedan quietas por horas, son el sueño de un fotógrafo.

Nat lanza un corto bufido por mi completo despiste. La ignoro.

—Y entonces, ¿cuándo nos vamos?

Mel sonríe y sus mejillas se llenan de unas amplias y profundas arrugas.

—En un par de días. Solo te estábamos esperando.

—Y también que llegaran las piezas de repuesto —agrega Nat.

—¡Llegaron esta mañana! —dice Mel.

—¿Piezas de repuesto? —les pregunto, solo para reintegrarme a la conversación.

Nat asiente.

—Para la camioneta todoterreno.

—¿Vamos a ir en auto? —pregunto. Había pensado que iríamos en avión.

Me acerco a la computadora y miro mejor las dos fotografías—. Este... no veo ninguna carretera.

Nat se empieza a reír.

—No tienes idea de nada, ¿verdad, *amigo*? Ni la más mínima idea.

Capítulo tres

Esa noche, en el apartamento de Mel, busco en Internet el lago Disappointment. Esto es lo que encuentro:

1. No es exactamente lo que considero un lago. Es una inmensa cuenca de agua salada en medio del desierto. Cuando tiene agua. Cuando no

la tiene, supongo que no es más que una inmensa cuenca de sal.
2. Está a un lado de una de las carreteras más solitarias del mundo entero. De hecho, no es ni siquiera una carretera: es un camino que hace cien años usaban los ganaderos para arrear a sus animales a través del desierto.
3. Cuando has llegado ahí, de verdad que estás solo.
4. Si algo sale mal, estás jodido en serio.

Nat tenía razón: yo no tenía ni idea.

—¿Oye, Mel?

Mel está guardando frascos para especímenes en una caja de cartón.

—¿Qué?

—Aquí dice que no se recomienda viajar por el camino de los ganaderos durante los meses de verano —digo, me aclaro la garganta y leo en voz alta—: *Calor extremo y aislamiento.*

Desolación

¿No te parece que deberíamos esperar un poco?

Responde que no con un gesto.

—No. Prácticamente estamos en otoño. Ya casi es marzo.

—Todavía es febrero, Mel. Hay cuarenta grados aquí en la ciudad.

—Ya te acostumbrarás al calor.

—¿Por qué no esperamos hasta abril, como sugieren ellos? Aquí dice que…

Mel me interrumpe.

—Porque Ian y Polly Rizzard van en abril.

—¿Quiénes son ellos?

—Unos herpetólogos de Perth.

—¿Herpetólogos? —pregunto, haciendo una mueca.

—Estudian lagartijas.

—Ah…

No el herpes, entonces.

—Hace unos años hubo una conferencia en Darwin sobre biodiversidad. ¿Sabías que se han encontrado más de ochocientas cincuenta nuevas especies viviendo en cuevas subterráneas en el desierto australiano?

—No, no lo sabía.

—Ahí fue donde conocí a Ian y a Polly. Desde entonces me los encuentro en todas las conferencias a las que voy; siempre presumen su trabajo más reciente y me hablan de la nueva especie que va a ser bautizada en su honor.

—¿La *lizard* Rizzard? —le digo, lanzando una carcajada—. ¡Qué nombre para una lagartija! ¿Estás bromeando, verdad?

Mel me mira con expresión enojada.

—Resulta que en Australia hay más del doble de lo que se pensaba.

—¿Y es por eso que quieres ir a este lago?

—Sí, Jayden, porque todos los indicios señalan que hay otras especies nuevas de lagartijas ahí. Y esta vez...

—dice, dándose un golpe en el pecho—.

Desolación

Esta vez *yo* voy a ser el primero en encontrarlas.

Dos días más tarde volamos a Perth a recoger nuestra camioneta todoterreno rentada. Mel parece más raro que nunca y Nat me ignora, pero de todas formas es mejor estar aquí que en casa. Es mejor que caminar con trabajo por la nieve y sentarme en un salón de clases bajo luces fluorescentes a escuchar el rollo de los maestros sobre cómo podría mejorar si tan solo hiciera un esfuerzo. Y es mejor que estar en el salón con Anna, tratando de no mirarla a los ojos y de no pensar en que nunca voy a tocarla de nuevo.

Anna y yo estuvimos juntos casi dos años y la verdad es que yo pensaba que íbamos a seguir así para siempre. Bromeábamos con que un día íbamos a ser una pareja canosa y que íbamos a hacer crucigramas sentados en mecedoras. Cuando me botó, fue como si el mundo entero se saliera de su eje y ya nada pudiera estar bien otra vez. *Siempre te voy a querer, Jayden, pero creo que deberíamos ser solo amigos*. Cada vez que la veía en el pasillo de la escuela, sentía un fuerte dolor en el pecho, como si mi corazón se estuviera apretando como un puño alrededor de sus palabras.

Así que aunque extrañaba como loco a Anna, no podía ser su amigo. Me dolía demasiado. Si las cosas no podían ser como antes, era más fácil no verla en absoluto.

Anna no podía entenderlo. Hasta llamó a mamá y le dijo que estaba preocupada por mí. Así que mamá me preguntó si estaba pensando en hacerme daño. *Claro que no*, le contesté. *No seas tonta*. La verdad es que pensaba en eso todo el tiempo, pero odio ver a mamá

Desolación

preocupada por mí. Solo hace que me sienta peor.

Es por eso que, cuando le mando un correo electrónico a mamá desde Perth, no le digo que estamos en camino al desierto. No le digo que Mel parece más loco que nunca ni que voy a atravesar el desierto en el peor calor del verano con un científico loco y una chica de pelos parados a la que le caigo mal.

Creo que ya le he dado suficientes preocupaciones.

Capítulo cuatro

Tardamos un par de días en llegar a Wiluna, donde empieza el camino de los ganaderos. Nat se sienta al frente con Mel. Dos días con nosotros en una camioneta apestosa y caliente no la han hecho más amistosa. Me pongo mis auriculares y oigo música a todo volumen.

Desolación

Wiluna es el pueblo más pequeño que he visto en mi vida. Solo unos pocos edificios en medio de la nada. Cargamos unos cuantos suministros más y pedimos tres cafés para llevar.

—No estarán pensando en tomar el camino de los ganaderos, ¿verdad? —dice el hombre de la gasolinera acercándose a la ventanilla de Mel.

—No, no —dice Mel, encendiendo el motor—. Solo vamos a dar un pequeño paseo.

Por la información de caminos que he visto, llegar al lago Disappointment va a tomar mucho más tiempo que un pequeño paseo: algo así como tres o cuatro días. Nat apoya los morenos pies descalzos en el tablero y no dice nada.

—Yo no iría en esta época del año —dice el hombre—. ¿Están viajando al menos en convoy?

—Como dije, solo vamos a viajar unas pocas millas.

El hombre mira nuestros tanques de gasolina y espanta las moscas que vuelan frente a su cara.

—Mucha gasolina para un paseo.

Mel aprieta tanto el volante que le sobresalen los tendones en el dorso de las manos manchadas por el sol.

—No es asunto suyo, ¿verdad?

El hombre sacude la cabeza y da un paso atrás. Mira a Nat, descalza y adormilada en el asiento del pasajero, y a mí, encorvado en el asiento de atrás y con el estuche de la cámara en el regazo.

—Cuídense —grita mientras nos alejamos—. Si algo sale mal por allá lejos, nadie va a poder ayudarlos.

Mel pisa el acelerador.

—Cabrón entrometido.

Nat se gira para verlo.

—¿Por qué no le dijiste adónde vamos? —le pregunta.

Desolación

—No quiero que nadie ande fisgoneando detrás de nosotros.

Mel mira sobre su hombro como si de verdad pensara que podrían estar siguiéndonos.

Echo un vistazo a nuestro alrededor. No hay nada más que desierto marrón hasta donde alcanza la vista. El calor produce un trémulo espejismo justo frente a nosotros. Un canguro atropellado se descompone en la tierra rojiza y un viejo auto se oxida a un lado de la carretera.

Este lugar se parece al fin del mundo. No me puedo imaginar a nadie tan loco como para seguirnos.

Un cartel amarillo señala el inicio del sendero. *Camino de los ganaderos*, dice. *Esta carretera solo se recomienda para vehículos todoterreno. No hay agua, combustible ni servicios entre Wiluna y*

Hall's Creek, a más de 1900 km de distancia. Se advierte a los conductores que deben llevar suficientes suministros y repuestos si van a aventurarse por esta carretera.

Tomo una foto del cartel a través de mi ventanilla abierta.

—¿Estás seguro de que tenemos todo lo necesario, Mel? —le pregunto.

—Claro que sí.

Nat dice algo entre dientes. La miro con cara de duda, pero ella solo sacude la cabeza.

El cartel solo se equivoca en una cosa: llamar "carretera" a este camino es una rotunda exageración. No es más que un camino de tierra que hace que te tiemblen los huesos, lleno de surcos que suben y bajan como las placas de metal con las que hacen cobertizos en donde yo vivo. La camioneta avanza

Desolación

entre espesas nubes de polvo, rebotando y chocando contra los surcos de piedra y arena. Unos arbustos tupidos cubren el suelo; a veces el camino desaparece entre la hierba y casi tenemos que detenernos para encontrarlo de nuevo.

Cuando el sol ya está muy bajo en el cielo y empieza a bajar la temperatura, hacemos nuestro campamento junto a un viejo pozo.

—Está seco —digo, inclinándome sobre las vigas de madera medio derruidas.

—Hay pozos a lo largo de todo el camino —dice Mel—. Los construyeron hace cien años. No contaría con sacar agua potable de ninguno de ellos.

—Pero traemos suficiente, ¿verdad? —pregunto, mirando a través de la arena y los arbustos hacia nuestra camioneta y nuestras dos tiendas. Se ven muy pequeñas y solitarias bajo el inmenso cielo oscurecido.

—Claro que sí —dice Nat—. No sales al desierto sin eso —agrega, se abraza con sus morenos brazos y se ve que la recorre un escalofrío.

—Mel, tú te encargaste de lo de la entrega de gasolina, ¿verdad? ¿En el Pozo 23?

—Tenemos todo el combustible que necesitamos —responde Mel. Enciende un cigarrillo y en la luz mortecina su punta brilla tan roja como la tierra que hay bajo nuestros pies.

Nat lo mira fijamente.

—Si llevamos la cantidad de gasolina que recomiendan, no vamos a poder atravesar las dunas.

Mel frunce el ceño.

—Mira, si hubiera tratado de arreglar lo de la entrega de gasolina, habría pasado una de dos cosas: nos habrían dicho que no viniéramos antes de abril o los Rizzard se habrían enterado de nuestros planes.

Desolación

—¿Cómo? —pregunta Nat—. De todas formas, ¿y qué si lo hubieran sabido? No están lo suficientemente locos como para venir por aquí en esta época del año.

—Los chismes corren —dice Mel con tono sombrío—. Y no quería tomar riesgos.

—¡No querías tomar riesgos! —exclama Nat—. ¡No arreglar una entrega de gasolina es tomar riesgos, Mel! ¡Venir solos con un solo auto es tomar riesgos! ¡No haberle dicho a nadie de nuestros planes es tomar riesgos!

Pienso en el engañoso correo electrónico que le mandé a mamá.

—¿Quieres decir que *nadie* sabe que estamos aquí? —pregunto.

Nat juguetea con el brazalete de plata que lleva en la muñeca.

—Deberíamos regresar —dice—. Arreglar lo de la entrega de gasolina.

—Nat, mi querida niña —dice Mel. Dirige los ojos hacia otra parte, hacia

35

el desierto, y le da una fuerte calada a su cigarrillo. El humo vaga en el fresco aire nocturno. Está oscureciendo muy rápido y el mundo se está encogiendo hasta no ser más que el pequeño círculo que podemos ver a la luz de la linterna—. Todo va a salir bien. Mañana estaremos en Durba Springs y al día siguiente en el lago Disappointment.

—Si es que llegamos —murmura Nat—. Yo no voy a acarrear tanques de gasolina por las dunas solo porque a ti se te ocurrió sobrecargar la camioneta.

Mel sacude la cabeza con tristeza.

—Me decepcionas, Nat. Pensé que tenías un espíritu más aventurero.

—Y yo pensé que tú tenías más sentido común —dice ella. Abre la boca para seguir, pero al final se queda en silencio y se va a grandes pasos hacia las tiendas.

—Niña tonta —dice Mel—. Para serte franco, he estado dudando últimamente.

—¿De qué?

Puedo ver la menuda figura de Nat desapareciendo en la oscuridad, lejos del alcance de la luz de la linterna.

Mel baja la voz.

—De su lealtad.

—¿Qué? ¿A qué te refieres?

—Me ha estado poniendo un obstáculo tras otro, tratando de persuadirme de venir en un convoy con al menos otra camioneta, retrasando el viaje para esperar por todos esos repuestos, tratando de hablar por ahí de nuestros planes a pesar de que la hice jurar que guardaría el secreto.

—¿Por qué iba a hacer eso?

—Tal vez la convencieron los Rizzard. Tal vez le ofrecieron algo a cambio de información. No me extrañaría que lo hubieran hecho.

Me suena poco probable, ¿pero qué sé yo de todo esto?

—Creo que más vale que vaya con ella —le digo—. Voy a ver si está bien.

—Ve qué puedes averiguar —me dice Mel—. Si se trae algo entre manos, quiero saberlo.

Está empezando a hacer frío, ahora que ya se metió el sol. Atisbo la oscuridad infinita de la noche del desierto y me estremezco.

—Si no confías en ella, ¿por qué la trajiste en el viaje?

Mel pone cara de enojo.

—Mantén cerca a tus amigos y más cerca aún a tus enemigos. Quiero tenerla vigilada —dice y me da un golpecito en un hombro—. Entre otras cosas, por eso te pedí que vinieras.

Capítulo cinco

Tomo mi linterna de la tienda y camino hacia donde desapareció Nat, moviendo lentamente el haz de luz de un lado a otro. Está a menos de cien pies de distancia, sentada en el suelo y con los brazos en torno a las rodillas. Algo en la posición de sus hombros encorvados me hace pensar que tal vez esté llorando.

—¿Nat? ¿Estás bien?

A pesar de que en realidad no acepté espiarla, no puedo evitar sentirme culpable por la conversación que acabo de tener con Mel.

—Sí —dice y alza la mirada, protegiéndose los ojos del resplandor de mi linterna—. Apaga eso.

Apago la luz y me siento a su lado.

—¿Qué pasa? ¿Te preocupa lo de la gasolina?

Nat sacude la cabeza.

—Lo peor que puede pasar es que no podamos pasar las dunas con la camioneta y que tengamos que volver.

—¿Entonces qué pasa? ¿Por qué estás tan alterada?

No hay luna y todo está muy oscuro; nunca antes había visto una oscuridad como esta. Nat está a solo dos pies de mí y casi no puedo distinguir sus rasgos.

—Es tu tío —contesta, con actitud vacilante.

—¿Y qué?

Desolación

—Pues que no quiero que te enojes.

Me río.

—No te preocupes. Ya sé que está loco, si a eso te refieres. Siempre ha sido así.

—No como ahora —susurra, acercándose—. Ha estado actuando muy raro, Jayden. Paranoico. Está obsesionado con esos científicos.

Puedo oler su champú. No es dulce y de flores, como el de Anna, solo huele a limpio: un olor a jabón común. Me aclaro la garganta.

—Los Rizzard. Sí, me habló de ellos.

—Ian y Polly.

—¿Los conoces?

—Los conocí en una conferencia hace unos meses. Fueron amables. Me alentaron a seguir estudiando —dice y lanza un suspiro—. Mel está convencido de que quieren sabotear su investigación, pero no son de ese tipo de gente. Estarían encantados si él encontrara algo nuevo por aquí.

—Parece que te caen muy bien.

Escucho que toma aire con fuerza.

—¿Tú también? No, por favor —dice.

—¿Qué quieres decir?

—Mel piensa que estoy aliada con ellos, ¿verdad?

Me alegra que no pueda ver mi cara.

—¿Por qué iba a pensar eso?

—No debería —dice Nat—. Antes confiaba en mí.

—Si no confiara en ti, ¿por qué te habría pedido que vinieras?

—Porque no es precisamente… muy práctico —dice y se ríe apenas—. Me necesita. He trabajado como loca para preparar este viaje. En serio, Jay.

—Te creo —le digo—. Supongo que es muy importante para Mel llegar ahí primero. Me dijo que quiere que bauticen una especie en su honor.

Nat lanza un resoplido.

—Siempre ha sido un poco raro —continúo—. Cuando yo tenía diez años, me dio un montón de explosivos y otras cosas y dejó que fabricara mis propios fuegos artificiales en su patio trasero. Casi me vuelo las manos.

No le digo que encubrí a Mel y que le dije a mamá que había sacado los químicos del cobertizo sin permiso, ni tampoco que todavía tengo unas cicatrices muy feas por la explosión. De todas formas, lo más probable es que ya se haya dado cuenta: parece como si hubiera nacido con los dedos pegados y me los hubiera arreglado un cirujano que faltó a todas sus clases de cirugía estética.

—No es solo que sea raro —dice Nat—. No te ofendas, Jayden, pero está loco.

Escucho que algo se mueve muy cerca.

—¿Qué fue eso? —digo.

Prendo mi linterna y paso el rayo de luz a nuestro alrededor.

Mel está a diez pies de distancia, con los brazos cruzados.

—Ya es hora de irse a dormir, ¿no creen?

Me pregunto cuánto tiempo ha estado ahí parado, escuchando.

A la mañana siguiente, guardamos las tiendas de campaña al amanecer y nos ponemos en camino de nuevo. La camioneta avanza hacia el norte entre saltos y sacudidas que me zarandean la columna y hacen imposible la conversación.

A nuestro alrededor, en todos los sentidos, la tierra roja se extiende hasta el amplio horizonte azul. El desierto no es tan arenoso, ni tan árido, como había imaginado. Hay matas de hierba puntiaguda por todos lados, hasta en medio del camino.

—No pensé que creciera nada en el desierto —digo.

Desolación

Mel me mira un momento.

—Mi querido chico, ¿cómo podrían vivir aquí animales si no creciera nada?

Me encojo de hombros.

—Tú eres el biólogo.

—Es espinifex —dice—. Hierba puerco espín. Está por todas partes. Cubre una buena parte del continente y le da un buen hogar a muchas lagartijas y roedores.

—La gente aborigen tradicionalmente muele sus semillas para hacer comida —dice Nat.

La miro con sorpresa. ¿Me acaba de hablar *voluntariamente*?

—También construían refugios con eso —agrega—, lo quemaban, usaban su resina… —se interrumpe y se encoge de hombros—. No sé. Cosas que leí en línea.

Levanto las cejas. ¿Me equivoco o se puso roja? Abro la boca para decir algo, pero de repente la camioneta baja la velocidad porque las ruedas se ponen

45

a girar en la honda arena. Mel maldice entre dientes y golpea el volante con las dos manos.

—Si nos atoramos, estamos jodidos —dice Nat—. ¡Mel, pisa el acelerador! Trata de salir de las rodadas, ¡son demasiado profundas!

—Cállate —dice Mel—. Solo cállate.

La camioneta da un tirón y se queda inmóvil. El motor ruge y una nube de polvo rojo se levanta a nuestro alrededor.

El sol matutino todavía está bajo en el cielo, pero ya hace mucho calor y cuesta trabajo respirar. A través de mis lentes oscuros todo tiene un inquietante brillo anaranjado. Trato de ahuyentar una sensación de pánico.

—¿Puedes poner reversa? —pregunto—. Nat y yo podemos salir y empujar.

Mel se limpia el sudor de la frente.

—Salgan los dos —dice—. Pero vamos hacia adelante, no para atrás.

Desolación

Podemos salir de esta. No nos vamos a rendir.

Miro hacia el frente sin mucha convicción.

—No sé, Mel. No creo que…

—Salgan de una vez, maldición.

Salgo de la camioneta y Nat me sigue sin decir nada. Los dos ponemos las manos en la parte posterior. Nat dice algo entre dientes que contiene la palabra *loco*, seguida por una creativa lista de groserías.

—¡Empujen! ¡Vamos! ¡Empujen! —grita Mel.

El motor ruge y las ruedas giran y giran, enterrándose aún más en la arena y ahogándonos a Nat y a mí con el fino polvo. Me inclino y empujo con tanta fuerza como puedo. Con el rabillo del ojo puedo ver los brazos de Nat, fibrosos y delgados, con los músculos tensos.

—¡Otra vez! —grita Mel—. ¡Más fuerte!

—Sí, claro —murmura Nat.

No hay manera. No va a moverse.

Caminamos hasta la ventanilla de Mel. Nos mira con furia. Sus ojos azules se ven muy vivos y penetrantes, y su cara está roja y sudorosa.

—No son lo suficientemente fuertes y la camioneta es pesada —dice. Entonces enciende un cigarrillo y nos sopla una nube de humo en las caras—. Vamos a tener que descargar.

Doy un paso atrás y miro la camioneta. La rejilla del techo está completamente llena. La caja de atrás va al tope: tiendas, sacos de dormir, estufa de campamento, agua, comida, mesa plegable y sillas, equipo de primeros auxilios, computadora, mochilas llenas de ropa, los libros de Mel, los frascos para recolectar las hipotéticas lagartijas, cajas llenas con equipo de todo tipo y, sin duda, pesado. Y además, cuatro enormes tanques de gasolina, cada uno de cuarenta y cuatro galones.

—¿Todo eso? —pregunto—. Quiero decir… ¿todo?

Mel se apoya en el respaldo y le da una calada al cigarrillo.

—A menos que prefieras quedarte aquí.

Parpadeo y me cae el sudor en los ojos, haciendo que me ardan. Miro el deslumbrante cielo azul y el desierto infinito. Solo estamos a un día de camino en auto de la civilización, pero con este calor bien podría ser una semana. He oído suficientes historias de gente que se muere en el desierto australiano como para saber que necesitamos la camioneta.

—Vamos —dice Nat en voz baja—. Hay que empezar.

Capítulo seis

Terminamos por fin de descargar. Todo el equipo forma coloridas montañas a un lado del camino. Siento como si me hubieran pasado los brazos y los hombros por una trituradora. Fue tremendo descargar la gasolina. En Perth, llenamos los tanques de acero *después* de colocarlos en la camioneta, así que no nos dimos cuenta de lo difícil que sería

Desolación

moverlos. Resulta que cuarenta y cuatro galones australianos son en realidad casi cincuenta y cinco galones americanos, y pesan como los mil demonios. Al final logramos bajarlos usando la mesa plegable como rampa. La gravedad hizo la mitad del trabajo, pero de todas formas quedé hecho papilla.

Empujar la camioneta es lo último que quiero hacer ahora. Me masajeo los hombros.

—Vamos a hacerlo —digo.

—Voy a sacarle aire a las llantas primero —dice Nat—. Eso va a ayudar.

La veo ponerse en cuclillas frente a cada llanta y desatornillar las válvulas, con la lengua entre los dientes por la concentración. Parece como si lo hiciera todo el tiempo.

Cuando Nat nos da el visto bueno, Mel se pone otra vez al volante y arranca el motor. Nat y yo empujamos. El motor chilla, las llantas giran...

y la camioneta se mueve un par de pies. Cierro los ojos cuando una ola de polvo me golpea la cara.

—¡Empuja! —grita Nat. Y entonces la camioneta queda libre y se lanza hacia adelante. Mel maneja muy rápido por la gruesa arena, haciéndose a un lado para ponerse en terreno más firme. Nat y yo corremos tras él y por un momento loquísimo en el que se me detiene el corazón, me pregunto si Mel se va a ir manejando, si nos va a olvidar por la emoción de estar cada vez más cerca de sus preciosas lagartijas.

Por suerte, la camioneta hace un alto al fin.

—¡Buen trabajo! —dice Mel al salir de la camioneta—. ¡Qué equipo!

Suena como el Mel que recuerdo de mis visitas de infancia: todo entusiasmo y energía salvaje. Me limpio la tierra y el sudor del rostro.

—Sí, fiuff.

Desolación

Tengo la boca tan seca que la lengua se me pega al paladar y hace ruidos cuando hablo.

—Hora de cargar todo de nuevo —dice Mel.

Volteo a ver las montañas de cosas, ahora a cien pies de la camioneta, y comprendo algo.

—No hay manera de que podamos subir otra vez esos tanques de gasolina —digo.

—¿Y si movemos el camión hacia atrás? Podríamos ir por fuera del camino, a un lado de la arena honda… —empieza a decir Nat.

Sacudo la cabeza.

—Piénsalo, Nat. Casi no pudimos *bajar* los tanques de la camioneta. Ni de casualidad vamos a poder subirlos por la rampa.

—No se preocupen —dice Mel, como si no pasara nada—. Los dejaremos ahí. Solo falta un día de camino para llegar al lago.

—Este… pero también tenemos que volver a Wiluna —señala Nat.

—Pues vaciamos algunos de los recipientes de agua y los llenamos de gasolina —dice Mel—. Y después, de regreso, podemos parar aquí y llenar el tanque principal con un sifón para el viaje a casa. Todo va a estar bien.

No creo que haya alternativa, pero mientras veo a Mel vaciando el agua potable sobre la arena del desierto, el desasosiego de mi estómago se solidifica y se convierte en algo parecido al terror.

Más tarde ya hemos cargado todo en la camioneta, menos los tanques de gasolina, y nos dirigimos otra vez hacia el norte. Cruzamos las primeras dunas, unas enormes y onduladas colinas en un paisaje por lo demás plano y de tierra rojiza. Decir que es desolado es quedarse corto. En cierto punto pasamos

Desolación

junto a las ruinas oxidadas de una Land Rover y siento que me recorre un estremecimiento. No me puedo imaginar un lugar más solitario que este. Me asomo por la ventanilla y tomo unas pocas fotos para distraerme. Es un alivio ver que el paisaje empieza a cambiar: ahora hay más arbustos y hasta árboles, robles del desierto que ofrecen trozos de sombra salpicada de motas de luz. Finalmente vemos Durba Springs, un oasis en el desierto. Distinguimos unos altos peñascos, eucaliptos de tronco blanco inclinados sobre el agua inmóvil del desfiladero, matas de larga hierba en las orillas. Es impresionante.

Acampamos en la orilla herbosa del riachuelo. Por encima de nosotros, los peñascos resplandecen con un brillo rojizo bajo el sol del atardecer. Sumerjo las manos en el agua. No se mueve y es verde por las algas, pero se siente genial contra mi piel seca y caliente.

De la copa de un árbol salen volando unos pájaros de color verde eléctrico. Lo miro todo en fascinado silencio, de repente abrumado. Estoy contento de estar aquí. Contento de estar vivo.

La tarde termina en paz, con una temperatura ideal entre el calor del día y el frío de la noche. Cenamos frijoles con salsa. Después Nat se va a acostar a su tienda y Mel yo jugamos al ocho loco junto a la fogata. La arena bajo mi saco de dormir irradia calor y duermo como un bebé, a pesar de los escandalosos ronquidos de Mel, que está acostado junto a mí.

En la mañana me despierto temprano y doy un paseo, tomando fotografías. Me imagino teniendo una gran exposición al volver, tal vez en una galería o algo así. Mis fotos del desierto brillando en las paredes blancas…

—¡Oye, Jayden!

Me doy la vuelta.

—¿Nat?

—Feliz, ¿eh? —dice riendo—. Es hora de irnos. Mel está empezando a ponerse nervioso y el lago Disappointment nos espera.

Es un largo camino sobre incontables dunas: largas crestas de arena que van de este a oeste, extendiéndose como olas gigantescas en una línea infinita hasta el horizonte; calientes, duras y desiguales. En algunas partes las llantas giran en arena profunda y me pregunto cómo habríamos hecho si todavía tuviéramos el peso de la gasolina en la camioneta. En otros lados el camino está invadido por la hierba. Estoy tan concentrado en no perderlo de vista bajo los espinifex, que me pierdo el primer vistazo de nuestro destino.

—¡Ahí está! —grita Mel—. ¡Miren eso!

Una gran extensión de un blanco platinado brilla en la distancia. Parpadeo unas pocas veces, tratando de enfocar la vista.

—¿Eso es el lago Disappointment?

—¡Exacto, chico! ¡Llegamos! —dice Mel. Su mirada es intensa, unos penetrantes ojos azules contra su piel enrojecida por el sol—. Esto es lo que he estado esperando. La culminación de todo mi trabajo duro. ¡El pináculo! ¡La cima! ¡El punto más alto!

La camioneta cae en un bache y da tal golpazo contra el suelo que casi me rompo los dientes. Nat agarra el volante.

—¡Mel!

—Relájate, mi querida muchacha. Relájate.

Mel toma el volante de nuevo y regresa al camino con otra sacudida.

Desolación

Frente a nosotros, el lago se está volviendo más claro y se parece menos a un espejismo. Vasto, con una capa de sal seca, no se parece a nada que haya visto antes. Hemos llegado.

Capítulo siete

Salimos de la camioneta con las piernas entumidas y dolor en la espalda. Mel se lanza hacia los arbustos en busca de vida silvestre y Nat y yo nos ocupamos del campamento. Trabajamos en silencio algunos minutos levantando las tiendas hasta que Nat hace una pausa y me mira.

—¿Jayden?

Desolación

Suena vacilante y me doy cuenta de que es la primera vez que estamos solos desde aquella vez que Mel interrumpió nuestra conversación en la oscuridad.

—Tenías razón —le digo enseguida—. La otra noche, cuando dijiste que Mel está un poco loco… Creo que tienes razón. Todo ese rollo sobre pináculos y puntos altos…

—Eso no fue nada comparado con otros de sus comentarios —dice mientras mete su saco de dormir en su tienda y cierra la entrada—. Pero no era de eso de lo que te quería hablar.

Saco la estufa de la parte trasera de la camioneta y la dejo en el suelo.

—¿De qué, entonces?

—Este… bueno. Okey —dice Nat y pasa la lengua por una de las argollas de plata que tiene en el labio inferior—. Sé que me he portado como una imbécil.

—No, para nada.

—Sí, claro que sí. Estuve insoportable cuando te recogí en el aeropuerto.

—Eso ya quedó en el pasado —le digo—. Ya lo superé.

Nat tiene una mancha de tierra en una mejilla y me pregunto si se lo debería decir. Pero claro que yo tampoco me debo ver muy limpio.

—El asunto es que Mel era una especie de mentor para mí. Me llevaba a conferencias, me ayudaba con trabajos de la escuela. Y entonces, hace dos meses, todo cambió. Se puso furioso porque hablé con Polly y con Ian en aquella conferencia... —dice, pensativa—. Sé que no confía en mí. A veces lo descubro mirándome con una expresión extraña, como si yo fuera su enemiga o algo por el estilo.

—Qué raro —le digo. Quisiera contarle lo que me dijo Mel, pero no creo que deba—. ¿Y qué tiene que ver todo esto conmigo?

Desolación

Nat toma el borde de su camiseta y lo usa para limpiarse el sudor del rostro, enseñando unas pulgadas de piel, un *piercing* plateado en el ombligo y el tatuaje de un perro sobre el hueso de la cadera.

—Pues mira, Mel no planeó muy bien este viaje, ¿verdad? Para empezar, ni siquiera deberíamos estar aquí antes de abril, pero cada vez que yo le decía algo, me hacía algún comentario sobre cómo su sobrino no sería tan negativo, su sobrino no pondría obstáculos en el camino de la ciencia, su sobrino no se quejaría por un poco de trabajo duro.

—Ja —digo—. Mel casi no me ha visto en los últimos años. Yo soy un profesional de las quejas. Pregúntale a mi mamá.

—Según Mel, eres un *superhombre*. Cuando me dijo que ibas a venir…

—Yo era la última persona que querías ver.

—Sí. Con una posible excepción: mi ex.

Tengo ganas de preguntarle sobre él, pero se me ocurre otra cosa.

—¿Y por qué viniste si pensabas que el viaje era tan mala idea?

—Supongo que no debería haber venido —responde. Me da la espalda y toma un bote de agua de la camioneta. Después se endereza y me mira a los ojos—. Crecí en Adelaida. Casi no he viajado a ninguna parte. Fui a Melbourne en tren y eso es todo.

—Y pensaste en empezar con... —digo, señalando con un gesto el infinito vacío a nuestro alrededor.

Nat se sienta en la tierra caliente y apoya los codos en las polvorientas rodillas.

—Mi abuela era de esta zona.

La verdad es que no me parece que este sea un lugar del que nadie pueda ser.

—Estás bromeando.

—Era aborigen —dice Nat—. Lo que significa que yo lo soy también,

Desolación

más o menos. En parte. Apenas me enteré el año pasado. Era como un gran secreto familiar o algo así —agrega con una mueca—. Le digo a mi papá que debería sentirse orgulloso, pero creo que ha conocido a demasiados racistas en su vida.

—¿Todavía vive por aquí? ¿Tu abuela?

—No. La sacaron para llevarla a la escuela, igual que a los otros chicos. Murió cuando mi papá era un bebé y a él lo adoptó una familia blanca —explica y me mira—. Es por eso que quise venir. Para ver de dónde era mi abuela.

—¿Y se siente… ya sabes, como tu lugar o algo por el estilo?

Lanza un bufido.

—Sí, claro. Tanto como para ti, Jayden.

Miro a mi alrededor. No es hermoso del mismo modo que la naturaleza a la que estoy acostumbrado. No tiene nada que ver con los lagos y los bosques de donde yo vivo. Como sea, tiene algo que me está afectando de una forma que no esperaba. Algo relacionado con su inmensidad, con la absoluta *enormidad*. Y se siente antiguo. Se siente como si el resto del mundo, como si toda la locura de las ciudades y los diarios y Hollywood y los mercados de valores, no pudieran tocarlo. Todo lo que no es el desierto parece irrelevante e irreal.

Entonces me doy cuenta de que ni siquiera he pensado demasiado en Anna desde que estamos aquí. Me permito recordar su rostro por un momento, solo como una prueba, para ver si el dolor punzante de siempre me golpea el estómago.

Y no lo hace. Lo único que siento es un tirón de una tenue tristeza.

Nuestro campamento está cerca de uno de los viejos pozos del camino de los ganaderos y Nat quiere acercarse y ver cómo es.

Miro las cajas de comida en la parte trasera de la camioneta.

—¿No deberíamos preparar la cena primero?

—Mel puede hacerlo cuando regrese —dice Nat—. Yo no me voy a encargar de todo.

—Por mí está bien.

Caminamos en silencio. El pozo no está lejos del campamento. No es más que un agujero medio desmoronado cubierto de unos viejos pedazos de madera. Alguien clavó ahí un cartel que dice "Jesús está por llegar".

Nat se ríe.

—¿Aquí? ¡Qué esperanzas!

—Este lugar es muy hermoso —digo—. De un modo raro y como que postnuclear y postholocausto.

Nat se asoma al pozo.

—No tiene agua. Ni una gota —dice y chupa el sudor que se le ha acumulado sobre el labio superior—. Este viaje me da mala espina, Jayden. Este lugar da miedo.

—No es para tanto. Solo… ya sabes, está muy vacío. Y es súper caluroso.

—Quiero volver.

Me río.

—De plano que eres una chica de ciudad.

—Sí, ya sé. ¿Tú no?

—No tanto —digo, vacilante—. Este… tomo muchas fotos.

—Sí, ya me di cuenta.

Sacudo la cabeza.

—Cosas de la naturaleza: lagos, osos, así que hago un poco de senderismo. La verdad es que las ciudades no me gustan mucho. Hay demasiada gente.

—Antisocial.

—No… bueno, últimamente tal vez sí. Tenía una novia —comento y toco el cartel, preguntándome quién lo puso ahí y qué habrá pasado con él—. Terminamos hace unos meses. Supongo que me

Desolación

he portado un poco antisocial desde entonces.

Eso es quedarse corto. Antes de la semana pasada, casi no salía de mi cuarto a menos que mamá hiciera que me diera remordimiento y que fuera a la escuela.

Nat abre la boca para decir algo, pero entonces escuchamos que se enciende un motor. Me doy la vuelta y veo que Mel viene manejando hacia nosotros.

—Jayden, convéncelo de regresar a Wiluna —me dice Nat con urgencia—. Por favor. Es más probable que te escuche a ti que a mí.

—No sé —le digo. No tengo prisas por regresar.

—Si no encuentra algo pronto… No quiero quedarme aquí días y días. ¿Por favor, Jayden? ¿Vas a hablar con él?

Asiento.

—Sí, claro. Yo hablaré con él.

Mañana. O tal vez al día siguiente.

Capítulo ocho

—Entren, entren —nos dice Mel, asomándose por la ventanilla y haciéndonos un gesto. Señala algo en el horizonte, cerca del borde del brillante lago salado—. Quiero buscar un poco más al norte.

—¿Ahora? —Me subo al asiento del pasajero y Nat se sienta atrás—. ¿Qué tal si cenamos antes? Me muero de hambre.

Desolación

—Más tarde —dice Mel—. No vine tan lejos para perder el tiempo comiendo.

Atraviesa el desierto de arena en línea recta, dando tumbos, completamente indiferente a las rocas y los arbustos que hay a nuestro paso.

—Este… ¿Mel? ¿No crees que tal vez deberíamos usar el camino?

—Mi querido chico —me dice, con una voz que suena a la vez divertida e impaciente—, esta camioneta tiene tracción en las cuatro ruedas. Es un vehículo todoterreno.

Miro a Nat por encima del hombro.

—Pregúntale —me dice sin sonido, solo moviendo los labios.

Estoy bastante seguro de que no me va a escuchar. Me da la impresión de que Mel solo escucha a los demás cuando le dicen lo que quiere oír.

—¿Y qué hay allá que no puede esperar? —le pregunto mejor.

—Ya veremos —dice Mel—. Tengo un buen presentimiento.

—¡Para! —grita Nat—. ¡Mel, para!

Mel pisa el freno. Miro a nuestro alrededor en busca de un canguro que venga saltando hacia nosotros, pero no veo nada.

—¿Qué pasa? —pregunto y entonces veo el humo.

Todos salimos de la camioneta de un salto. El humo está saliendo de la parte de abajo. Mel abre el capó y una nube negra y espesa escapa del motor.

—Espinifex —dice Nat, maldiciendo en voz baja—. Se mete al motor y se enciende.

Me asomo por la puerta del conductor y tomo el diminuto extinguidor rojo que está sujeto al techo. Lo suelto de un tirón.

—Dame esto —dice Mel. Me arrebata el extinguidor de las manos y empieza a rociar el motor a lo loco. No parece que sirva de mucho. Las nubes de humo

Desolación

salen con fuerza del motor y me queman los ojos.

Mi cerebro está atascado, con mil pensamientos dando vueltas como las ruedas de la camioneta en la arena. *Haz algo*. Corro a la parte trasera de la camioneta y agarro un bote de agua.

—Maldición —grita Mel, lanzando el extinguidor al suelo. Me quita el bote de agua y trata de verterlo sobre el motor, pero el calor y el humo lo hacen retroceder. El bote es pesado y no puede acercarse lo suficiente. La mayor parte del agua cae al suelo.

—Arena —grito—. Podemos sofocar el fuego. Apagarlo.

Empiezo a agarrar puñados de tierra.

—Demasiado tarde —dice Mel. Se queda parado y mira cómo el humo ennegrece el cielo azul. Parece extrañamente tranquilo.

—Nuestros suministros —grita Nat corriendo hacia la parte trasera de la camioneta—. Tenemos que salvar lo que podamos.

Tira de un bote de agua y lo deja en el suelo. Yo me adelanto y saco una caja de comida. El calor alrededor de la camioneta es muy intenso y entreveo algo naranja. Las llamas están lamiendo el bastidor del vehículo. Miro el fuego, tratando de pensar.

—Nat —le digo.

—¿Qué?

—La gasolina. Podría…

—…explotar.

Sus ojos oscuros se abren completamente, llenos de miedo.

Miro todo nuestro equipo: la mesa, nuestra ropa, las cajas de comida, los preciosos botes de agua… ¿Cuánto tiempo tenemos? ¿Qué es más importante? Alcanzo un bote de agua.

—¡Vamos! —grito—. ¡Atrás!

Dejo caer el bote de agua a pocos pies de la camioneta y corremos.

Desolación

Detrás de nosotros puedo sentir el calor de la camioneta en llamas.

—Mi cámara —digo con impotencia, como un tonto.

Nat se detiene, lanza una maldición, echa a correr a la camioneta y se inclina por la puerta abierta. Casi no la puedo ver por el humo.

—¡Nat! —le grito—. ¿Qué haces? ¡Olvida la cámara! No importa.

No hay respuesta. Pienso en lo que pasará si explota el tanque de gasolina. ¿Habrá alguna advertencia? O solo... Maldigo y corro hacia la camioneta, cegado por el humo negro, con los ojos ardiendo.

—¡Nat! ¡Sal de ahí!

Mi mano encuentra su brazo. La agarro con fuerza y la alejo de la camioneta. No deja de toser, aferrando algo. No es el estuche de mi cámara, sino su mochila.

—¿Regresaste por eso? ¿Estás loca? —digo con voz ahogada, tosiendo.

Camino a tropezones hasta una distancia prudente y me derrumbo en el suelo. Nat se deja caer a mi lado, tosiendo con fuerza y luchando por respirar.

Miramos con impotencia cómo se quema la camioneta. Las llamas se asoman por la ventanilla del conductor y rozan los marcos de las puertas; las lenguas rojas brotan entre el humo negro y empujan un muro de calor hacia nosotros.

Y me doy cuenta que estamos completamente jodidos.

Capítulo nueve

La camioneta se quema muy rápido. Las llamas la devoran en solo un par de minutos. La columna de humo negro llega a una milla de altura y hay una peste que revuelve el estómago: hule quemado, plástico derretido; el olor de todos nuestros suministros convirtiéndose en humo.

Miramos en silencio cómo se reduce la camioneta a un caparazón ennegrecido y humeante. Miro por fin a Mel.

—¿Y ahora qué hacemos?

Es como si yo tuviera un niño dentro que todavía cuenta con él. Es el adulto. Tiene que tener un plan para emergencias.

Mel no contesta. Solo se queda ahí parado, mirando lo que queda de la camioneta, con la camisa suelta sobre sus bermudas de color caqui y la bolsa que carga siempre todavía colgada al hombro.

—Estamos jodidos —dice Nat con impotencia—. Mel, por favor dime que tienes el teléfono satelital en esa bolsa.

Me había olvidado del teléfono satelital. Contengo la respiración, esperando la respuesta. Estamos demasiado lejos como para tener cobertura con un celular normal, pero con un teléfono satelital podríamos llamar a alguien, informar a alguien de dónde estamos y pedir ayuda. Con un teléfono no estaríamos completamente jodidos.

—Lista para rendirte, ¿verdad? ¿Estás ansiosa por volver a la ciudad? —le dice Mel a Nat con furia en la voz; su cara está roja y sudorosa, y tiene un bigote negro por el hollín—. Tú eres la responsable de esto. ¿Ya estás contenta?

—Oye, Mel, eso no es justo —trato de intervenir, pero Mel sigue sin siquiera escucharme, alzando la voz y con la cara cada vez más roja.

—Tú rentaste la camioneta. Tendrías que haberte asegurado de que tuviera un buen extinguidor —dice, caminando hacia ella—. Nos saboteaste deliberadamente. Estás tratando de arruinar mi carrera.

—¿Cómo puede ser la culpa de Nat? —pregunto—. Ella no empezó el fuego. Simplemente ocurrió.

—He estado revisando el motor cada mañana —dice Nat—. Tú eres el que decidió manejar fuera del camino —agrega y hace un gesto hacia las huellas de la camioneta que vienen del campamento—. Justo por los espinifex.

—¡No trates de cambiar el tema! —exclama Mel, agarrándola de la muñeca—. ¿Cuánto te están pagando?

Nat trata de soltarse, pero él no la deja ir.

—¿De qué estás hablando? —grita Nat—. ¡Nadie me está pagando nada! ¡Si me importara el dinero, no estaría trabajando como loca para ti, Mel!

—¿Entonces qué es? ¿Tu *carrera*? —dice Mel con una mueca de desprecio—. ¿Te dijeron los Rizzard que te van a dar el crédito por algo?, ¿que van a poner tu nombre en una de sus investigaciones?

—¡No! —Nat levanta la voz, llena de furia—. ¿Por qué no confías en mí, Mel?

—Porque has dejado muy claro que no estás de mi parte.

—¡No hay dos partes, Mel! Se supone que trabajamos juntos.

Desolación

En las comisuras de los labios de Mel se han juntado dos manchas blancas de saliva seca.

—Así que esa es tu excusa, ¿eh? Les estás dando información porque todos somos buenos amigos y estamos trabajando juntos. Mi querida chica —agrega Mel con una voz llena de sarcasmo—, solo hay lugar para una persona en la cima. Solo una.

Pongo una mano en el brazo de Mel.

—Suéltala. ¿Podemos preocuparnos por la cima después? En este momento los tres tenemos el mismo problema —digo, haciendo un gesto hacia la camioneta quemada—. Y es un problema bastante serio. De hecho…

—Estamos jodidos —dice Nat fríamente—. Estamos completamente jodidos.

Mel la suelta y me mira a los ojos.

—Ya veo que has elegido, Jayden. Has elegido estar de su lado.

—¿Qué? ¡No! —digo y sacudo la cabeza con frustración—. Mel, es como dijo Nat. ¡No hay lados! Tenemos que pensar cómo vamos a enfrentar esto juntos.

—*Juntos* ya no existe —dice Mel—. Los dos me lo han dejado muy claro.

Nada que yo diga va a cambiar las cosas.

—Okey, muy bien —le digo—. Piensa lo que quieras, pero yo preferiría que no estuviéramos aquí atrapados. ¿Tienes el teléfono satelital?

Hace un gesto hacia la camioneta.

Un miedo cercano al pánico está empezando a embestirme. No hay auto. No hay medio de comunicación. Y Mel no va a ser el adulto del grupo. No tiene un plan de emergencia. No va a rescatarnos.

Así que todo depende de mí y de Nat.

Me dirijo a ella.

Desolación

—Recojamos todo lo que rescatamos y vayamos al campamento —le digo. Trato de sonar más tranquilo de lo que estoy—. Ya pensaremos en algo.

Nat se frota la muñeca. Puedo ver unas marcas rojas donde la agarró Mel.

—Bueno. Vamos.

Nat y yo caminamos juntos. Mel no viene con nosotros, lo que me da igual. Estoy tan enojado, que si nos dice algo más a Nat o a mí lo más probable es que termine golpeándolo. Logramos rescatar tres botes de agua y una caja de comida, aparte de lo que habíamos descargado en el campamento antes. Dejamos un bote de agua para que lo lleve Mel y nos vamos con el resto.

—Perdón —digo tras unos minutos.

—¿Tú? ¿Por qué?

—Mel, no sé. Es mi tío.

Ella sacude la cabeza.

—Eso es una estupidez.

—Supongo que sí —digo. No tengo energía para discutir. Llevo un bote de agua en cada mano y pesan una tonelada. Mis brazos van a ser bastante más largos cuando lleguemos al campamento. Pongo los botes en el suelo, flexiono los dedos y me froto las manos enrojecidas—. ¿Estás bien?

Nat lanza una breve carcajada.

—¿Tú qué crees?

—Sí. Supongo que no —respondo. El calor nos aplasta como si fuera una placa de acero—. Siento como si estuviera en otro planeta. Más cerca del sol. Un planeta con más gravedad que la Tierra.

—Ajá —dice Nat, deteniéndose y dejando en el suelo la caja de comida—. ¿Cuánto crees que falta?

Lo único que puedo ver son las huellas de las ruedas alejándose hacia el horizonte.

Desolación

—No sé. Deberíamos tomar un poco de agua.

—Está bien.

Nat se sienta y yo me dejo caer a su lado.

Este calor… es como estar en un cuarto de sauna, pero sin salida. Le doy vuelta a la tapa y le paso el bote. Ella se inclina, con mucho cuidado para no derramar ni una gota, y bebe con avidez. El sol está bajando en el cielo y aunque me siento aliviado de que vaya a refrescar un poco, también estoy nervioso de no llegar al campamento antes de que oscurezca. Nat me acerca el bote y bebo. El agua está tibia, pero nunca antes había apreciado tanto una bebida. Doy grandes sorbos.

—No tan rápido —me dice Nat con suavidad.

Dejo de beber. Tiene razón. Esta agua nos tiene que durar por… Rechazo ese pensamiento, porque no sé la respuesta a esa pregunta y no soporto pensar en eso ahora. Me levanto.

—Vamos —digo—. No puede ser muy lejos.

Tomo los botes y nos ponemos a caminar, un pie detrás del otro, siguiendo las huellas de las llantas.

Cuando llegamos al campamento ya es casi de noche. Mi cara parece estar asada, siento los labios adoloridos e hinchados, y mis hombros, manos y espalda están deshechos por cargar tanto peso.

—¿Jayden?

Abro el bote de agua y tomo un pequeño sorbo. Y otro.

—Mmm. ¿Qué?

Le paso el bote.

—¿Quieres dormir en mi tienda esta noche, por si aparece Mel?

Desolación

No estoy seguro de si lo dice por mí o si le tiene miedo, pero en cualquier caso acepto enseguida.

—Que no te vengan ideas —dice, agachándose para entrar a su tienda.

Hasta que dijo eso, no se me había ocurrido nada.

—No te preocupes —le digo—. Voy a estar inconsciente en el instante en que me acueste.

Me quedo sentado afuera un rato, mirando cómo la oscuridad se vuelve cada vez más profunda y negra. Entonces, con frío y exhausto, tomo mi saco de dormir, entro a la tienda de Nat y me acuesto a su lado.

—¿Cuánto te parece que caminamos para llegar al campamento esta noche? —dice cuando ya casi me he dormido.

—No lo sé —respondo y me doy la vuelta para verla, pero está muy oscuro como para distinguir su rostro—.

¿Tres kilómetros, tal vez? Habría estado bien si no hubiéramos estado cargando tantas cosas.

—Mm.

Me pregunto qué está pensando.

—¿Jayden? ¿Sabes qué tan lejos está todo desde aquí? —dice en susurros, pero puedo oír el miedo en su voz.

Extiendo la mano y encuentro la suya en la oscuridad.

—Mañana —le digo—. Pensaremos un plan. Lo prometo.

Una media hora más tarde escucho crujidos y pasos, seguidos del sonido del cierre de la otra tienda. Mel ha vuelto. Espero unos minutos, preguntándome si vendrá a la tienda de Nat y empezará a gritarnos de nuevo, pero muy poco después escucho que empieza a roncar.

Desolación

Y sin saber ni cómo sucedió, el sol ya
está pasando a través del delgado lienzo
de la tienda y "mañana" ya nos alcanzó.

Capítulo diez

Gateo hasta la entrada de la tienda, tratando de no despertar a Nat, y abro lentamente el cierre.

—Buenos días —dice Nat, sentándose. Tiene unos círculos oscuros bajo los ojos y marcas de almohada en una mejilla.

—Hola —respondo, frotándome la cara—. Buenos días.

Desolación

—Mmph. Supongo que no tenemos café.

—Lo dudo.

Hace una mueca.

—¡Caramba, cómo me duelen los hombros!

Giro los míos a modo de prueba.

—Ajá. Sí que fue toda una caminata.

Nuestros ojos se encuentran y sé que los dos estamos pensando en lo mismo: esa caminata no fue nada en comparación con la que vamos a tener que hacer para salir de aquí.

Salimos gateando de la tienda y empezamos a hacer un inventario de nuestros suministros. Sentados aquí, en la fresca luz de la mañana, es difícil creer que estemos en peligro.

—Mel trajo el último bote de agua, así que tenemos cuatro botes de seis galones cada uno. Veinticuatro galones. ¿Cuánto durará eso? —pregunto.

—Shh —susurra Nat—. No lo despiertes.

Voltea a ver la tienda de Mel y yo sigo su mirada.

No tengo ninguna prisa por que se nos una. De hecho, tal y como me siento ahora, estaría feliz de no verlo nunca más.

—Ocho galones por persona —dice Nat en voz baja—. No es mucho. Cuando estaba organizando el viaje, planeé que tuviéramos al menos dos galones por día cada uno.

—¿Tal vez podríamos extenderlo a una semana?

—Depende de lo que estemos haciendo —dice—. Sentados a la sombra, sin movernos... tal vez. Quisiera que hubiéramos rescatado más de la camioneta.

En una semana casi será marzo. Supongo que es posible que alguien

Desolación

pase por aquí antes de abril, pero por supuesto que no voy a contar con eso.

—¿Nat? Supongo que no le dijiste a nadie adónde íbamos…

—A algunos amigos. Pero no van a ayudarnos. Si no me ven, simplemente se van a imaginar que decidí viajar a algún otro lado o algo así.

—¿Y tus padres?

—Saben que estoy viajando con Mel. Hemos tenido algunas peleas últimamente, así que si no saben nada de mí por un tiempo, no les va a parecer raro —dice y se pasa la mano por el cabello, que está todo parado—. ¿Y tus papás?

Sacudo la cabeza.

—Mamá cree que estamos en la universidad. No tengo más parientes. Bueno, solo Mel.

Los dos miramos otra vez su tienda y no decimos nada por un largo rato.

—Uno escucha ese tipo de historias —dice Nat sin mirarme—.

Todos los años. Turista tonto viaja hasta algún lugar remoto, el auto del turista tonto se avería, turista tonto se adentra en el desierto a pie.

Puedo adivinar cómo acaban esas historias.

—¿Encuentran el cuerpo del turista tonto algunos meses después?

—Sí —responde y se pasa la lengua por las argollas que tiene bajo el labio inferior—. Bueno, no siempre. Un tipo alemán se quedó atascado en el lago Disappointment hace un tiempo. No tenía ni idea. No llevaba nada de agua, solo una caja de cerveza.

—¿Qué le pasó?

—Tuvo suerte. Otros viajeros lo encontraron tres días después.

—Oh.

Al menos tuvo la sensatez de perderse en la temporada correcta.

—Siempre dicen que te tienes que quedar cerca de tu auto, porque entonces

Desolación

es más probable que te encuentren —dice Nat—. Pero la camioneta ni siquiera está cerca del camino.

—Es mejor que nos quedemos en nuestro campamento. Aquí tenemos sombra... bueno, un par de árboles al menos. Y estamos justo al lado del camino.

—¿Tenemos un mapa? —pregunta Nat—. Digo, ¿qué tan lejos estamos de... bueno, de cualquier parte?

—No sé. Lejos. Los mapas estaban en la camioneta.

—Wiluna está a más de seiscientos kilómetros —dice Nat—. Tal vez más, como setecientos, porque estamos más cerca del norte del lago que del sur.

—Sería tan difícil como ir caminando a la luna —comento con amargura. Y entonces me doy cuenta de algo: no quiero morir. Después de meses en los que en los buenos días no me importaba si vivía o no, y en los malos hacía listas mentales de cómo morir, ahora resulta que lo que de verdad quiero es vivir. ¡Qué sentido de la oportunidad!

—Hay una comunidad aborigen al norte de aquí —dice Nat—. Kunawarritji. No sé qué tan lejos exactamente. ¿A trescientos kilómetros, tal vez?

—¿Con este calor? ¿Cien veces más de lo que caminamos ayer? —digo y sacudo la cabeza—. Imposible, Nat. Tardaríamos… no sé. Demasiado.

—Si camináramos treinta kilómetros al día, llegaríamos en menos de diez días.

Me froto los doloridos hombros.

—No podría cargar más de lo que cargué ayer. Esos botes de agua deben pesar cincuenta libras cada uno. Nos quedaríamos sin agua antes de estar cerca.

—No podemos quedarnos aquí —dice Nat. Hay una nota de pánico en su voz—. No podemos.

Desolación

—Mira, no es que yo quiera eso, pero el agua va a durar más si nos quedamos a la sombra y no nos movemos demasiado. Cuanto más tiempo podamos sobrevivir aquí, más probable será que nos encuentren.

Está tratando de contener las lágrimas.

—Nat...

—Perdón —dice y se pasa el dorso de la mano por los ojos con fuerza—. Estoy tan *furiosa* conmigo misma. Digo, yo *sabía* que era demasiado pronto en el año. Sabía que teníamos que viajar con al menos un vehículo más.

—Sí, bueno, no podrías haberte imaginado que iba a haber un incendio. Como sea, si vas a estar enojada con alguien... —me interrumpo y hago un gesto hacia la tienda de Mel.

—Créeme, también estoy furiosa con él.

Hay un largo silencio. El sol todavía está bajo, pero ya está subiendo el calor, tan seguro como sube la marea. La luz de este lugar es diferente a todo lo que he visto en mi vida, pues transforma sin parar los colores del paisaje en una efímera serie de rojos, naranjas y marrones. No hay viento ni ningún sonido. Es inquietante.

Y entonces se me ocurre que no es solo inquietante: es simplemente raro. Porque Mel suele roncar con el volumen de un tren de carga en movimiento.

Me levanto y camino a su tienda.

—¡Jayden! —exclama Nat en voz baja—. ¿Qué estás *haciendo*?

—Solo voy a ver cómo está.

Me detengo, trato de oír su respiración. Nada. Contengo el aliento y abro el cierre poco a poco. No quiero despertarlo y que empiece a alucinar, pero tengo que asegurarme de que no

Desolación

esté muerto o algo así. Meto la cabeza por la abertura.

Mel no está aquí.

Salgo y me levanto.

—No está. Se fue.

—Seguro que está buscando esas malditas lagartijas —dice Nat—. Solo hay lugar para uno en la cima y todo eso.

Es un pensamiento espantoso, pero se me ocurre que si Mel no volviera, habría más agua para Nat y para mí.

Capítulo once

Nat y yo pasamos las siguientes dos horas sentados en un pedacito de sombra ligera, tratando de no movernos ni hablar, y de respirar lo menos posible. El calor es insoportable. Me descubro tratando de imaginar formas de describir el calor, por si alguna vez tengo la oportunidad de contarle a alguien de esto. Las palabras que usamos para los días calurosos en casa no funcionan para nada. El lenguaje que me viene a la cabeza es el que usamos para cocinar: hornear, asar, tostar o dorar. Es como estar adentro de un horno.

O en una fogata. Quemados. Chamuscados. Carbonizados. Achicharrados.

Me imagino pasando un día tras otro aquí sentados, esperando en este patético pedazo de sombra, rezando por que llueva, mirando cómo se reduce nuestro precioso suministro de agua y con la esperanza de que un auto pase por aquí de casualidad.

Esperar aquí puede ser lo más sensato, pero la idea de hacerlo es casi insoportable.

—¿Nat? ¿Te parece que podríamos colgar una de las tiendas para hacer una mejor sombra?

—¿Y dormir todos en una? ¿Con Mel? —responde con voz ronca.

—Sí, es cierto. Mejor no —digo y

miro mi reloj—. Ya casi es mediodía. ¿Te parece que deberíamos ir a buscarlo?

Me mira como si me hubiera vuelto loco.

—Oye, no vamos a estar caminando por ahí con este calor. Si no ha vuelto a la hora de cenar, lo buscamos. Cuando refresque un poco.

—Sí, tienes razón —le digo. Cambio de posición y estiro las piernas—. Perdón. Es solo que es difícil no hacer nada.

—Dímelo a mí. Bueno, de hecho, mejor no lo hagas. Vas a necesitar menos agua si te quedas callado. Respira por la nariz.

Apesto a humo por el incendio de ayer.

—Quisiera que tuviéramos otra ropa —digo entre dientes.

—Al menos los dos tenemos camisetas de manga larga —dice Nat—. Y gorras. Podríamos haber saltado de la

Desolación

camioneta sin gorra y ahora estaríamos todavía más jodidos.

—¿Crees que eso es posible?

Nat no dice nada. Quisiera haberme quedado con la boca cerrada.

Hacia el final de la tarde Mel todavía no ha vuelto, pero unas espesas nubes grises han llenado el cielo y la temperatura ha bajado drásticamente.

—¿Te parece que podría llover? —pregunta Nat.

—Tal vez. Deberíamos pensar en alguna forma de recolectar agua. ¿Podríamos usar la caja de comida?

Nat se levanta, se estira y camina hacia la caja de plástico con comida que rescatamos de la parte de atrás de la camioneta en llamas.

—Sí, si ponemos la comida en una de las tiendas.

—Qué bueno que aquí no haya que preocuparse por osos.

—Sí que sabes cómo ver el vaso medio lleno, Jayden.

Metemos en la tienda de Nat toda la comida: latas de frijoles, sopa, leche en polvo, galletas, frutos secos, granola, café instantáneo. Por un momento me pregunto si podría haber dingos cerca, pero decido no decir nada. Ya tenemos suficiente de qué preocuparnos y, además, si tenemos que escoger entre comida y agua, no hay discusión. Apoyo un extremo de la tapa de plástico contra uno de los lados de la tienda, haciendo una rampa que va hacia la caja de comida.

—Muy listo —dice Nat—. Aumentaste el área en la que podemos recoger agua.

—Sí, ya sabes, podríamos estar aquí un buen rato.

Me da la espalda, pero alcanzo a ver la expresión de su cara.

—¿Nat? ¿Qué pasa?

Desolación

—Nada.

—Mentira. Dime.

Sacude la cabeza.

—Olvídalo.

Dejo el tema, pero no lo olvido. Hay algo que no me está diciendo y no tengo idea de qué tan importante puede ser.

Compartimos una lata de sopa y un poco de agua, y decidimos ir a buscar a Mel. Rehacemos nuestros pasos del día anterior, de regreso hacia los montecitos llenos de maleza a la orilla del lago Disappointment. Hemos recorrido más o menos la mitad del camino a la camioneta quemada cuando lo vemos.

—¡Mel! —le grito.

Él se sobresalta y camina hacia nosotros, maldiciendo.

—Bueno, bueno, conque espiándome, ¿eh? ¿Esperan robarme un poco de la gloria?

Tiene la cara del color de un tomate maduro.

—Caramba, Mel. Estás muy quemado. Tu cara…

—Traidores —dice—. Confié en ustedes para que me ayudaran en este viaje. ¿Y qué han hecho? Mentir, verme la cara, traicionar mi confianza.

—Eso es una locura.

Tanto, que no sé ni por dónde comenzar.

Mueve las manos como si estuviera borrando sus propias palabras.

—Nada de eso importa ya —dice—. Estoy a punto de hacer un gran descubrimiento.

Habla con la voz quebrada; sus labios están hinchados y partidos.

—Eso es excelente —le digo con cuidado—. Pero deberías protegerte del sol. Regresa al campamento, come algo.

—Mi querido muchacho, ¿me estás escuchando? —me dice Mel. Tiene

Desolación

los ojos inyectados en sangre, pero su mirada azul es tan intensa como siempre—. La vi.

—¿La lagartija que estás buscando?

—La razón de nuestro viaje —dice, asintiendo—. El motivo de todo esto.

Nat y yo nos miramos por un instante.

—Mel, el asunto es que... sin la camioneta, estamos en problemas. Lo más probable es que nadie pase por aquí antes de abril —le digo. Miro las nubes, que están negándose tercamente a soltar ni una gota de agua—. Tenemos que pensar en cómo vamos a... arreglárnoslas... hasta entonces.

Estuve a punto de decir *sobrevivir*, pero me tragué la palabra antes de que saliera de mi boca. No quiero meterme en honduras.

—Vuelve al campamento con nosotros —le suplica Nat—. Por favor, Mel.

—Mi querida chica. Mi querida Natalie —le dice Mel, casi con cariño—.

No te das por vencida, ¿verdad? ¿No pensarás que puedes detenerme hasta que lleguen los Rizzard?

—Mel, no estoy trabajando con ellos, ¿entiendes? Solo quiero que estés a salvo.

Se le quiebra la voz y se le llenan los ojos de lágrimas, pero por la forma en que cierra los puños, pienso que está tan furiosa como herida.

—Puedes salir a buscar otra vez mañana —le digo a Mel y se me escapa una pequeña risa amarga—. Créeme, vas a tener mucho tiempo para explorar los alrededores.

Mel sacude la cabeza.

—No me detendré sino hasta encontrar esa lagartija.

Nat y yo discutimos con Mel un rato, pero me doy cuenta de que es inútil. Cuando trato de que entienda que no va

Desolación

a poder encontrar nada en la oscuridad,
me acusa de hacerle perder deliberadamente la última hora preciosa de luz
del día. Nos damos por vencidos al fin.
Nat convence a Mel de que se quede
con su botella de agua y lo dejamos buscando entre los arbustos.

Nat y yo caminamos en silencio
hasta el campamento. Nuestros pasos
resuenan en el silencio de la tarde.
A nuestro alrededor, el desierto resplan-
dece como carbones ardientes mientras
el sol se sumerge detrás del horizonte.

Capítulo doce

Las nubes desaparecen en el transcurso de la noche, llevándose con ellas la posibilidad de agua preciosa, y la mañana comienza sin señales de Mel. Todo el día espero que aparezca, tal vez jactándose de lo que encontró o despotricando sobre lo decepcionado que está por nuestra falta de entusiasmo. Pero no vuelve. Nat y yo esperamos

Desolación

a que refresque la tarde para ir a buscarlo. Caminamos en círculos cada vez más grandes alrededor del campamento y gritamos su nombre hasta que nuestras gargantas están secas, y nuestras voces, roncas. Sería más eficiente separarnos y buscar en zonas distintas, pero ninguno de los dos lo sugiere. Incluso juntos, cada vez que salimos del campamento me aterra que nos perdamos.

El día siguiente es más caluroso que nunca y cada minuto que pasa la temperatura aumenta aún más. La mañana da paso a la tarde, el sol brilla con fuerza en el cielo azul y la arena debajo de nosotros irradia un calor intenso.

—No debimos haber dejado a Mel allá solo —digo—. Debimos haberlo obligado a venir con nosotros.

Estamos sentados en nuestro pedazo de sombra, tomando sorbos de agua más o menos cada dos horas y tratando de no pensar en nada.

—En realidad no tuvimos alternativa —dice Nat.

—Sí, supongo que no.

Creo que los dos nos estamos preguntando si todavía estará vivo, pero tratamos de no hablar de eso. También evitamos hablar del calor, de cómo se reduce nuestro suministro de agua y del hecho de que no tenemos ni idea de cuánto tiempo podríamos pasar aquí. Los dos dormimos en la tienda de Nat, como si todavía creyéramos que Mel podría volver y reclamar la suya, pero con cada día que pasa eso parece más improbable.

—Quisiera creer en un dios al que le pudiera rezar —digo.

Nat no hace ningún comentario. En el horizonte, el sol está bajando lentamente por el cielo. El desierto irradia brillos rojizos y naranjas en la luz del atardecer. El paisaje es como una cosa viva por la oscilación incesante de los colores.

—Quisiera tener mi cámara —digo.

Desolación

—Sí que tienes muchos deseos
—dice Nat—. ¿Qué tal mejor algo útil?
Una camioneta, por ejemplo.

—Mmm. O un hotel. Con piscina.

La miro con una gran sonrisa.
Me asombra que incluso en un momento como este, Nat me pueda hacer reír.
No puedo ni siquiera imaginar lo horrible
que sería estar aquí solo.

En la mañana del cuarto día, el llanto
de Nat me despierta temprano. Es tan
raro en ella que me asusta. Me giro y
me enderezo apoyándome en un codo.

—¿Qué tienes?

Ella hace un sonido medio ahogado
que es en parte risa y en parte sollozo.

—Todo.

Una pregunta estúpida.

—Digo, aparte de lo obvio.

—¿Aparte del hecho de que me voy
a morir aquí?

Se pasa una mano por los ojos.

—No vas a morir —le digo—. En serio. Va a llover y vamos a tener más agua. O vamos a caminar hasta el próximo pozo y a rellenar nuestros botes. Algunos de los pozos deben tener agua potable, ¿no?

Empieza a llorar de nuevo y se cubre el rostro con las manos.

—Podemos encontrar comida si se nos acaba —le digo—. Hay plantas y animales, cosas que tienen que ser comestibles.

No me contesta.

—Hay lagartijas —digo con desesperación—. No me importa si están en peligro de extinción. Seguro que saben a pollo.

Tengo que hacerla reír, sacarla de esta crisis, hacer que vuelva a ser la misma chica fuerte de siempre.

—Tal vez nos podemos comer la lagartija que está buscando Mel. ¿Qué piensas, Nat?

Desolación

No hay respuesta. Sus hombros se estremecen por los mudos sollozos.

Se me hace un nudo en el estómago por el miedo. Quiero sacudirla.

—Ya, Nat. Vamos. Todo va a estar bien. Seguro que vendrá alguien. Incluso si son seis semanas, podemos lograrlo. Claro que podemos —le digo. Me enderezo, me acerco a ella y tomo sus manos para ver su rostro—. Nat, mírame. Vamos a estar bien.

—No —dice, rechazando mis manos y sentándose—. No vamos a estar bien, Jayden.

Siento un terrible vacío en mi interior. No quiero admitirlo, pero me temo que Nat puede tener razón.

Al día siguiente tengo una preocupación nueva. Algo le pasa a Nat. No se comporta como siempre. No es solo el llanto, que ya era de por sí muy raro:

parece enferma. Está pálida y apática; se queda acostada en la tienda hasta cuando hace demasiado calor como para estar ahí. Se ha alejado dos veces del campamento sin decir por qué y la he visto tambalearse. Cuando le pregunto qué le pasa, se enoja y dice que está bien.

La tercera vez que se va, la sigo y la encuentro vomitando entre los arbustos.

Mi corazón da un vuelco.

—Estás enferma. Lo sabía.

—Lo lamento —me dice. Está arrodillada, mirándome con los ojos hinchados y rojos—. Hay algo que tengo que decirte.

—¿Qué pasa?

No me puedo imaginar nada que pueda empeorar la situación, pero de todas formas contengo el aliento.

Nat respira hondo.

—Hace un par de años me enfermé de verdad. Estaba cansada y bajé

Desolación

muchísimo de peso. Finalmente los doctores descubrieron que tengo el mal de Addison.

Nunca antes había oído de esa enfermedad.

—¿Qué es eso?

—Es una enfermedad endócrina. Un problema con la glándula adrenal.

—Pero estás bien ahora, ¿verdad? Digo, parecías estar bien hasta hace un par de días.

—Sí, porque tomo una medicina dos veces al día para reemplazar las hormonas que mi cuerpo no produce.

Recuerdo entonces cómo corrió a la camioneta en llamas para rescatar su mochila.

—¿Y qué pasa si no la tomas?

—Me muero.

Mi corazón palpita tan fuerte, que siento como si algo me estuviera pateando el pecho.

—¿Cuánta medicina tienes?

—Para dos semanas, tal vez. Tenía más en la camioneta, pero… —se interrumpe.

Dos semanas. Aun si consiguiéramos más agua de alguna manera…

—Eso solo nos deja hasta mediados de marzo —digo.

—Tal vez menos —dice y se apoya en los talones—. El asunto es que si me pongo tensa o me enfermo, necesito tomar más hidrocortisona de lo normal. Y he estado tratando de tomar un poco menos que mi dosis habitual para hacer que dure más —se detiene y hace un gesto de impotencia—, pero ya ves lo bien que está resultando.

Es bastante obvio que nuestra situación califica como estresante. Respiro hondo.

—Vamos a tener que salir caminando —le digo—. Treinta kilómetros al día. Así llegaremos en diez días a ese lugar, a esa comunidad aborigen.

Desolación

—No podemos cargar suficiente agua —dice—. Y hace demasiado calor.

—Caminaremos de noche. Y pararemos en los pozos del camino. Llevaremos tanta agua como podamos y rellenaremos los botes cuando sea posible.

Nat sacude la cabeza.

—No, porque, ¿sabes qué? Es una locura. Si nos quedamos aquí, al menos tú tendrás la posibilidad de sobrevivir hasta que alguien pase. Si tratamos de salir caminando, vamos a morir los dos.

—Vamos a caminar —insisto—. Y lo lograremos. Lo prometo.

—No puedo —dice—. Jayden, me siento muy mal. Apenas puedo caminar cincuenta pies.

—Ya sé.

Respiro muy hondo. Me temo que tiene razón, que caminar es un suicidio y dejar el campamento es una muerte segura para los dos. Pero la idea de estar aquí, viendo a Nat enfermar cada vez más… No puedo soportar ni siquiera pensar en eso.

—Al menos tenemos que intentarlo —continúo—. Si tomas más medicina te vas a sentir mejor, ¿verdad?

—Sí, casi de inmediato —contesta—. Pero entonces se va a acabar más rápido.

—Diez días —le digo—. Eso es todo lo que necesitamos.

—Jayden —me dice Nat, con los ojos muy abiertos y llenos de miedo—. No quiero morir.

Yo tampoco, pero no se lo digo.

—Pues toma tu medicina, Nat. Ahora. Cuanto antes nos vayamos, mejor.

A pesar de lo terrible del secreto de Nat, me siento extrañamente lleno de esperanza. Sé que nuestra situación acaba de ponerse mucho peor, pero tener algo que hacer es más fácil que quedarse sentado

Desolación

a esperar. Me paso la mañana siguiente (nuestro sexto día *DF* o después del fuego) desarmando la tienda de Mel y usando los palos y la tela para fabricar un armatoste para cargar agua.

Mientras maldigo por lo bajo y añoro tener cinta adhesiva o un poco de cuerda, Nat recolecta piedras de colores claros. Se siente mejor, pero sigue pensando que no deberíamos dejar el campamento. Está convencida de que está poniéndome en peligro. Yo pienso que no hay alternativa: prefiero que nos arriesguemos a morir juntos en el camino, que quedarme sentado a verla morir.

Hacia el mediodía el calor es insoportable. Hay una ligera brisa, pero no tiene nada de agradable. Es como la ráfaga de aire caliente que sientes al abrir la puerta de un horno, como una caldera que suelta hondas de calor hacia tu cara. Estoy hecho polvo, pero he logrado hacer algo: con los palos de la tienda, partes de la estufa y pedazos de lienzo, fabriqué un marco que puedo ajustar a mis hombros.

Sujeto muy bien un bote de agua a cada lado, me pongo en cuclillas, me acomodo la estructura a la espalda y me pongo de pie. Siento como si uno de los palos me fuera a atravesar, pero usando parte del saco de dormir de Mel logro acolchar ese lado. Parece que de este modo puedo cargar dos botes de seis galones llenos. Nos quedan unos dieciocho o veinte galones de agua, así que si Nat puede cargar dos botes medio llenos, podemos llevarnos toda el agua con nosotros. Empiezo a construir una segunda estructura para Nat.

—¿Qué piensas? —me pregunta.

Me levanto al escucharla. Colocando rocas de color claro sobre la tierra roja, ha armado una gigantesca *X* y una flecha que apunta hacia el norte.

—Se ve genial.

—¿Crees que será visible desde el cielo? —pregunta.

Los dos miramos hacia el azul vacío e inmenso, protegiéndonos los ojos del implacable sol.

—Sí —le digo—. Sin duda.

No hemos visto ningún avión, pero recuerdo haber leído en Internet que a veces la gente hace vuelos para ver el lago Disappointment desde lo alto.

No hay muchas probabilidades de que eso pase. Pero es todo lo que tenemos.

Al final de la tarde estamos listos para irnos. No vamos a llevarnos ni la tienda ni la estufa, pero sí toda el agua y toda la comida que podemos cargar.

Y entonces me doy cuenta de algo.

—¿Nat? Si nos llevamos toda el agua…

Se ve angustiada de repente.

—¡Oh, no! Mel.

Casi desearía que no hubiéramos pensado en eso. Porque si Mel sigue vivo, buscando lagartijas y convencido de que Nat y yo somos el enemigo, podría reaparecer en cualquier momento: sediento, famélico y desesperado.

Y si nos llevamos toda el agua, lo sentenciamos a muerte.

Finalmente decidimos dejarle un bote lleno. Seis de nuestros dieciocho galones. Un tercio de nuestra agua.

No sé si es la decisión correcta o lo más estúpido que he hecho en la vida.

Capítulo trece

Empezamos a caminar cuando el sol está bajo en el cielo y la temperatura comienza a bajar. No tenemos brújula, así que decidimos seguir el camino. Tal vez nos ahorraríamos tiempo cortando por las dunas, pero podríamos perdernos en la oscuridad.

Una hora después de que el sol ha

desaparecido por completo, aparece una delgada medialuna.

—Gracias a Dios —dice Nat.

—En serio que sí.

Sin esa esquirla de luz plateada, caminar de noche sería casi tan imposible como caminar en el calor extremo del día.

En general caminamos en silencio, concentrándonos en el camino bajo nuestros pies y tratando de ignorar el peso del agua sobre nuestros hombros. Yo llevo dos botes de seis galones, los dos llenos hasta las tres cuartas partes para tener equilibrio. Nat lleva uno lleno hasta la mitad y la comida. No se queja; nunca lo hace, pero cada vez camina más lento. A veces se tropieza y está por caerse. Trato de no pensar en lo lejos que tenemos que ir.

Doce galones de agua no nos durarán ni una semana, ni hablar de los diez días que creemos que necesitamos.

Es obvio que Nat está pensando en lo mismo.

—Podríamos pasar junto a un pozo en la oscuridad sin siquiera darnos cuenta.

—Lo sé, pero ¿qué podemos hacer?

—Me la paso tratando de recordar los mapas y todo lo que leí cuando estaba planeando el viaje —dice—. Creo que hay un pozo al norte que supuestamente tiene agua potable.

—¿Justo en el camino de los ganaderos? —le pregunto.

—Ese es el problema —dice desalentada—. Podría estar un par de kilómetros fuera de ruta. No me puedo acordar.

Me quedo callado. No hay nada que hacer más que seguir caminando y mantener las esperanzas.

Hemos caminado menos de dos horas cuando Nat se detiene, se derrumba en el suelo y deja su carga.

—No puedo hacer esto.

—Sí, claro que puedes. Vamos. Sé que es difícil, pero…

Nat se apoya en las manos y las rodillas y vomita.

No puedo evitar pensar en el agua que está perdiendo.

—¿Necesitas más medicina? —le pregunto. Puedo oír que respira con fuerza y huelo el ácido vómito—. Nat, si necesitas más, tómala.

Sacude la cabeza y se limpia la boca con el dorso de la mano.

—Creo que deberías seguir solo.

—¿Y dejarte aquí? Ni hablar.

—No tiene caso que muramos los dos —dice y se acurruca en el suelo—. Si logras llegar, puedes pedir ayuda y regresar por mí.

Está tratando de darme una razón para que la deje, una oportunidad de sobrevivir, pero los dos sabemos que tardaría al menos diez días en conseguir ayuda.

Desolación

Los dos sabemos que si la dejo aquí, aquí morirá.

Me acuesto a su lado.

—Toma un poco más de medicina. Vamos a dormir un rato. Tal vez mañana de noche puedas seguir caminando.

—Tendrías más posibilidades sin mí —dice.

—Olvídalo.

Nat abre su mochila y saca una pequeña bolsa de lienzo azul.

—Aquí hay una jeringa. Hidrocortisona inyectable —dice—. Para emergencias.

—¿Cómo sabrás que es una emergencia?

—*Tú* lo sabrás —dice, metiéndose una pastilla a la boca—. *Yo* estaré inconsciente.

Me quedo horas despierto, escuchando la respiración estable de Nat. Estoy aterrado de que muera antes del amanecer.

Finalmente me sumerjo en un sueño muy profundo. Y entonces amanece y Nat me está mirando; tiene unas sombras oscuras bajo los ojos y una inflexible mirada de determinación en el delgado rostro.

—Arriba, dormilón —dice—. Empecemos a caminar. Tenemos que encontrar ese pozo y va a ser más probable que veamos caminos o desviaciones a la luz del sol.

—¿Cómo te sientes?

Se encoje de hombros. Odio sentirme tan impotente. Me levanto y giro mis adoloridos hombros. No veo nada esperanzador al frente: ni pozos ni una sombra aceptable. Solo tierra roja, dunas, rocas, matas de hierba puntiaguda y arbustos de color verde claro.

Cuando nos acomodamos los armatostes a la espalda, Nat se tambalea bajo su peso. La agarro del codo y la

Desolación

ayudo a recuperar el equilibrio, y siento un golpe de terror en las entrañas.

—Estoy bien —dice, soltándose.

—Bueno, muy bien.

Empezamos a caminar, pero la temperatura ya está aumentando. Pienso que no vamos a poder caminar más de media hora antes de que el calor nos impida seguir y me pregunto si podríamos hacer alguna sombra. Quisiera que hubiéramos traído una tienda. Podríamos haber hecho alguna clase de refugio.

A mi lado, Nat se detiene.

—Jayden.

Su voz es baja y tensa.

—¿Qué? —digo y sigo su mirada. Justo a un lado del camino, tal vez a cien pies de nosotros, hay un bulto blanco y caqui—. Mel.

Bajo mi carga al suelo y casi corro hasta él.

Yace bocabajo y sus pantorrillas desnudas están llenas de ampollas.

Le pongo una mano en el hombro, pero no se mueve.

—Mel —lo llamo.

Nat se acerca.

—¿Está…? ¿Jayden, está…?

—Está muerto —respondo. Tengo los dedos en su cuello, buscando un pulso, pero sé que no lo voy a encontrar—. No mires —le digo y volteo a Mel. Tiene la cara hinchada. Su boca está abierta y su lengua se asoma un poco. Hay moscas caminando alrededor de sus ojos semi-abiertos. Le doy la espalda, asqueado, y escucho que Nat tiene arcadas a poca distancia.

Siento que debería cubrir su cara, pero no encuentro nada que pueda usar. Al final lo volteo, lo dejo como estaba cuando lo encontramos y me acerco a Nat.

Está doblada por la cintura, apretán-dose el estómago.

—Todo está bien —le digo.

Desolación

No contesta enseguida. Se sienta, dobla las rodillas hasta su pecho y las abraza. Cuando habla por fin, su voz es monótona.

—No está bien, Jayden. No va a estar bien —dice y hace un gesto hacia el cuerpo de Mel—. Así vamos a estar en una o dos semanas: tirados a un lado del camino, aquí o a cien kilómetros de aquí, cubiertos de moscas.

Siento que tendría que sacudirla.

—No, Nat. Vamos a salir de aquí.

—Estamos completamente jodidos, Jay. Es como si ya estuviéramos muertos.

La tomo de los hombros, apretando fuerte.

—Escúchame, Nat. Antes de hacer este viaje, yo estaba hecho un desastre, ¿entiendes? Digo, casi no salía de mi cuarto y no quería más que estar muerto. Me la pasaba haciendo listas de formas de lograrlo. Ya sabes, pastillas, tirarme de un balcón o lo que fuera.

—¡Jayden! —exclama y me mira, completamente impactada—. ¿Por qué?

—No lo sé. Supongo que sobre todo porque me dejó mi novia. Ahora todo me parece una tontería —le digo. Miro a Nat y me doy cuenta de que su rostro ya está más delgado, su mandíbula está muy marcada y la piel se ve tirante alrededor de sus ojos y en sus pómulos. Siento una punzada de algo que podría ser miedo, amor o tristeza, o tal vez todo junto—. No quiero morir. ¿Y sabes qué? No vamos a morir.

—Está bien —dice, a punto de llorar—. Está bien.

Capítulo catorce

Decidimos caminar un poco más, para no ver ya el cadáver de Mel y encontrar algunos arbolitos que nos protejan del calor. Va a ser un día pesado: el sol ya es feroz. Hasta el hecho de respirar un aire tan caliente se siente como algo peligroso, como si te pudiera cocinar por dentro.

—¿Te parece que estaba caminando hacia el campamento? —pregunto.

—Tal vez. Solo hemos andado unos pocos kilómetros —dice Nat con voz tensa—. Si hubiéramos seguido caminando como planeábamos, habríamos pasado sin verlo en la oscuridad.

Miro por última vez el cuerpo de mi tío y noto algo: está encima de su bolsa y con un brazo la aprieta contra su pecho.

—La bolsa de Mel —susurro.

Nat hace una mueca.

—Mejor ya vámonos.

—Sí, está bien —digo. La verdad es que no quiero tocarlo de nuevo. Esas moscas...—. Pero, ¿qué tal si tiene comida o tabletas de purificación de agua?

—Sí, supongo.

—No tienes que ayudar.

—No, está bien. Tú lo levantas y yo agarro la bolsa.

Levantar un cadáver es más difícil de lo que uno pensaría. Mel es robusto. Lo levanto por los hombros, tratando de no ver su cara. Nat libera la bolsa.

Desolación

—Okey —digo. Es muy raro dejarlo aquí sin más. Siento como si tuviéramos que decirle algo, pero no sé qué. Además, incluso ahora que está muerto sigo enojado con él. Él es la razón de que Nat y yo estemos aquí atrapados, luchando por sobrevivir. Su estúpida ambición, su desconfianza, su codicia.

Así que al final simplemente nos alejamos caminando.

No encontramos ninguna sombra aceptable, pero hace demasiado calor como para seguir caminando, así que nos acurrucamos en el pedazo de sombra ligera de un arbusto. Nat bebe lentamente y me pasa el bote de agua. Está casi vacío. Cuando este se acabe, nos quedan nueve galones.

—Nat, deberías descansar aquí. Yo volveré al campamento a buscar el agua que dejamos para Mel.

Nat asiente de mala gana.

—También le di mi botella de agua —dice, empujando hacia mí la bolsa—. Pero te apuesto a que lo único que hay ahí adentro son lagartijas muertas.

—Pues yo me las comería.

Desabrocho la bolsa y la abro.

Y no puedo creer lo que veo.

—¿Qué hay en la bolsa? —pregunta Nat—. Jayden, ¿qué hay ahí dentro?

Sin palabras, le paso la bolsa.

—¡Oh, Dios mío! —exclama Nat, tapándose la boca con la mano—. Lo tuvo todo el tiempo.

Mete la mano en la bolsa y lo saca. Lo mira. Pequeño, negro y plateado. Destella como un puñado de diamantes a la luz del sol.

El teléfono satelital.

Solo tardamos unos segundos en pedir ayuda por teléfono, pero el rescate

Desolación

tarda tres largos días en llegar. Son tres días extraños: sabemos que vamos a estar fuera de aquí muy pronto, pero no lo creemos demasiado. Encontramos un poco de sombra bajo unos robles del desierto, al borde de una enorme duna a pocos kilómetros al norte de donde encontramos el cuerpo de Mel, y por las dudas seguimos racionando el agua y la comida. Hablamos mucho de toda clase de cosas. De la vida y de la muerte, pero también de programas de TV, de música y de lo que vamos a comer cuando volvamos a la ciudad. Le cuento a Nat lo de Anna y lo que ella significó para mí, y Nat me cuenta de su ex novio, que suena como un tipo horrible.

—Él se lo pierde —le digo—. Mereces algo mejor.

Nat lanza un suspiro.

—Creo que necesito estar sola por un tiempo.

—Sí, yo también —le digo, vacilante—. Este… sé que eres un par de años mayor que yo y todo eso, pero antes de que todo esto pasara, estaba cayendo redondito contigo.

—¿De verdad? —dice y se ríe—. Pensé que ni siquiera te caía bien.

—Oh, sí, me caías bien. Pero ahora…

—Ah, ahora que me conoces mejor, ¿ya no?

—No, espera. Me caes bien. Pero creer que podíamos morir… bueno, cambia las cosas, ¿no?

Nat asiente.

—Lo cambia todo.

—Quiero que sigamos siendo amigos, ¿está bien? Ya sabes, tengo que regresar a casa, pero podemos hablar de vez en cuando, ¿verdad?

—Sí, podemos hablar —dice Nat con los ojos brillantes—. Tenemos que hacerlo, Jayden. No creo que nadie

Desolación

más pueda entender lo que hemos vivido.

Un convoy de dos camionetas nos lleva de regreso a Wiluna. Nat y yo vamos en uno de los vehículos con un hombre aborigen mayor que se llama Sam. El cuerpo de Mel, metido en una bolsa con cierre, va en la segunda camioneta. Sam es callado y tranquilo, pero el conductor del otro vehículo es un hombre más joven que no deja de fumar, que habla muy fuerte y hace unas bromas que me serruchan los nervios. Hace menos de dos semanas que dejamos la civilización, pero se siente como si fuera mucho más tiempo.

Hay una parte de mí que no quiere dejar el desierto atrás.

Nat se ríe cuando se lo confieso.

—Granizados —dice—. Pasteles de carne. Helados. Mangos. Una cerveza Coopers muy fría.

Veo el cielo azul a través de la ventanilla, la polvorienta tierra marrón y roja, la inmensidad del paisaje, y me doy cuenta de algo: voy a volver aquí. Voy a tomar fotos que muestren la belleza del desierto, el resplandor del sol matutino, los colores cambiantes de las rocas. Haré que todos vean la fuerza antigua de este lugar.

Les mostraré cómo pone todo lo demás en su justa medida.

Nat y yo volamos juntos a Adelaida. Desde el aeropuerto llamo a mamá por teléfono y le cuento lo de Mel, pero resulta que ya se lo notificaron anoche. Mel la tenía en sus documentos como familiar más cercano. Ha estado todo el día como loca, esperando que la llamara.

—Lo siento —le digo, después de explicarle todo lo que pasó—. Siento lo de Mel. No debí haberlo dejado solo.

Desolación

—Tú también podrías haber muerto —me dice—. La verdad es que podría matarlo.

Me viene a la mente la imagen de Mel bocabajo en el desierto.

—Sí, bueno…

—Oh, Dios mío. Perdón. No debí haber dicho eso. Pero Jayden… no tenía derecho de llevarlos a ti y a Natalie a ese lugar. Ni siquiera me habló de sus planes. Que iban a estar en la universidad… eso me dijo.

—Ya sé. Perdóname también por no haberte hablado del viaje.

Puedo escuchar un suspiro a través del teléfono.

—No importa. Estoy aliviada de que estés bien.

—Yo también.

—Voy a cambiar tu vuelo —dice—. Para que regreses lo antes posible.

—No hay apuro. Nat dice que me puedo quedar todo el tiempo que quiera.

No estaría mal quedarme unas pocas semanas, ya que estoy aquí.

—Tú y Nat… Ya sé que no es asunto mío, pero ¿ustedes…?

—No, solo somos amigos.

—Suenas diferente —dice con voz dudosa—. ¡Estaba tan preocupada por ti antes de que te fueras! Y ahora todo esto… Pero estás bien, ¿verdad?

—Estoy bien —le digo—. Muy bien.

—Suenas bien —dice y se aclara la garganta—. Este… Anna pasó por aquí el otro día. Como no te ha visto en la escuela, quería asegurarse de que estuvieras bien.

—Mejor que bien —le digo. Pienso en la cara redonda de Anna, en su cabello rubio y largo, en sus preocupados ojos azules—. Si la ves de nuevo, salúdala de mi parte.

Capítulo quince

Mamá de verdad me quiere de vuelta en casa, pero al fin llegamos a un acuerdo y puedo quedarme dos semanas más. Nat me recibe en la casa de color brillante que comparte con un montón de estudiantes: chicas con rastas, pañuelos en la cabeza y *piercings* en la nariz; chicas que se pasan el día en pijama, que cocinan tofu y frijoles de soya en la enorme y vieja cocina, que fuman marihuana en los escalones del porche y acarician a los gatos callejeros que se han mudado a la casa. Me tratan como al hermanito menor de Nat y es muy agradable.

Voy en tranvía a la playa de Glenelg, trato de surfear con algo de éxito, salgo a bailar con Nat y sus amigas, como muchos pasteles de carne. Nat me compra una cámara desechable y me obliga a hacer todo lo que hacen los turistas: alimentamos canguros en una reserva natural, rentamos barcos a pedal en el río, comemos *gelato* y vemos a los artistas callejeros en el centro comercial Rundle.

Trato de no pensar demasiado en Mel. Cuando estoy empacando para irme a casa, Nat y yo descubrimos que todavía tenemos su bolsa.

—Estaba en el cuarto de la lavandería —dice Nat—. Entre la ropa sucia.

Desolación

La tomo de sus manos y la abro. Un escalofrío me recorre la espalda cuando me acuerdo de la última vez que la abrí.

—¿Nat? Si no hubiéramos encontrado ese teléfono…

—Nos habríamos salvado de todas formas —dice con confianza.

No estoy tan seguro. Creo que teníamos posibilidades, pero muy pocas. Meto la mano en la bolsa y saco la billetera de Mel, una botella de agua vacía, una envoltura de una barra de granola, una libreta. Y un pequeño frasco con una lagartija marrón más que muerta.

Nat lo toma de mis manos y estudia atentamente la lagartija, dándole vueltas al frasco.

—La encontró —dice—. No lo puedo creer.

—¿Eso es todo? —digo. Es pequeña y con aspecto común. No tiene adornos ni colores brillantes—. ¿Murió por eso?

Los ojos de Nat se llenan de lágrimas.

—Es esto, Jayden. El pináculo de Mel.

Después de una semana en casa, Australia y todo lo que ocurrió ahí parece muy lejano. Regreso a la escuela y, para sorpresa de mis maestros, me dedico en serio a las clases. También me inscribo a clases de fotografía dos tardes a la semana. Una noche salgo a caminar con Anna. Todo está bien; es un poco raro, pero está bien. Quedamos en que vamos a ser amigos, pero no sé si lo hagamos de verdad. Ahora todo es diferente. *Yo* soy diferente. No creo que tengamos tanto en común como antes.

Cuando llego a casa, Nat está en línea y hay un mensaje esperándome.

Hola, Jay. Me acaban de contestar Ian y Polly, y adivina qué: resulta que esa lagartija sí es una nueva especie,

Desolación

así que Mel tenía razón en eso al menos. Polly dice que la van a bautizar en su nombre. En su honor o lo que sea. Dice que el mundo de la ciencia ha perdido a alguien muy grande. Bueno, amigo del desierto, te extraño. XO Nat.

Le respondo con un mensaje veloz: *Nat, creo que ya hace tiempo que la ciencia lo había perdido.* Me quedo sentado por un minuto con los dedos aún sobre el teclado y recuerdo cómo se veía Mel al principio del viaje: sonreía con esos dientes blancos que contrastaban con su piel tostada, y sus ojos azules brillaban con el propósito obsesivo y anticipando la gloria. Las palabras en la pantalla se ponen borrosas y parpadeo para dejar caer las lágrimas. *Es genial que la vayan a bautizar en honor de Mel,* escribo. *Le habría gustado.*

Sí, me escribe Nat. *Pero es triste. Finalmente llegó a su loca cima y no está aquí para disfrutarlo.*

Lo sé, continúo. *Es raro*. Todavía no me parece real que Mel haya muerto. Trato de no pensar en cómo se veía cuando lo encontramos. Trato de recordar las cosas buenas, en lugar de la forma en que terminó todo. A veces me siento culpable por no llorar más su muerte, pero en general lo que siento estos días es felicidad. Me siento muy feliz y muy agradecido de estar vivo.

No le he hablado a Nat de mi plan de regresar al desierto australiano para tomar fotografías. Sé exactamente lo que me dirá si se lo cuento ahora: *Chico, estás loco*. Así que voy a esperar un poco antes de tratar de convencer a mi amiga del desierto de que me acompañe. En cualquier caso, sé que tengo pocas probabilidades de lograrlo.

A veces no necesitamos más que eso.

Títulos en la serie
orca soundings en español

**A punta de cuchillo
(Knifepoint)**
Alex Van Tol

**A reventar
(Stuffed)**
Eric Walters

**A toda velocidad
(Overdrive)**
Eric Walters

**Al límite
(Grind)**
Eric Walters

**El blanco
(Bull's Eye)**
Sarah N. Harvey

**De nadie más
(Saving Grace)**
Darlene Ryan

**Desolación
(Outback)**
Robin Stevenson

**El qué dirán
(Sticks and Stones)**
Beth Goobie

**En el bosque
(In the Woods)**
Robin Stevenson

**La guerra de las bandas
(Battle of the Bands)**
K.L. Denman

**Identificación
(I.D.)**
Vicki Grant

**Ni un día más
(Kicked Out)**
Beth Goobie

**No te vayas
(Comeback)**
Vicki Grant

**La otra vida de Caz
(My Time as Caz Hazard)**
Tanya Lloyd Kyi

**Los Pandemónium
(Thunderbowl)**
Lesley Choyce

**El plan de Zee
(Zee's Way)**
Kristin Butcher

Reacción
(Reaction)
Lesley Choyce

El regreso
(Back)
Norah McClintock

Respira
(Breathless)
Pam Withers

Revelación
(Exposure)
Patricia Murdoch

El soplón
(Snitch)
Norah McClintock

La tormenta
(Death Wind)
William Bell

Un trabajo sin futuro
(Dead-End Job)
Vicki Grant

La verdad
(Truth)
Tanya Lloyd Kyi